한국신춘문예협회   발행일 2018년 3월 10일

굴렁쇠의 斷想

이정관 시인의 시가 있는 수필집

한국신춘문예협회 발행

삶의 안과 밖을 바라보는 투철한 작가 정신의 세계

엄 원 지
(문학박사/시인)

세상 만물에는 항상 안과 밖이라는 이중성의 논리가 실재한다.

여기서 물(物)이라는 개념은 형상과 동일하다. 그 형상을 받아들이는 감각과 이성이 한 쪽 만을 본다면 본래의 모습을 제대로 읽지 못한 우매함으로 인해 삶은 편향성을 탈피하지 못하고 한 쪽으로 치우쳐 항상 불안하게 된다.

사물과 만사의 안과 밖을 본다는 것은 평범한 말이면서도 우리 세상에서 가장 현명하게 살아갈 지혜이며 진리로 가는 에너지이다.

시인이며 수필가인 이정관은 이러한 관점에서 삶을 조명하고 지혜롭게 살아가고자 노력하는 우리 시대의 모범 작가이다.

그는 '굴렁쇠'라는 관념의 바퀴를 정해놓고 굴러가는 세상의 굴러가는 삶의 이야기들을 세상 사람들과 교감하고자 매일 굴렁쇠(택시)를 열심히 굴리는 이 시대의 모범 '굴렁쇠'이며 택시 기사이다.

달리면서 손님과 대화하고, 처음 대하는 손님의 세계를 바라보며 느끼는 그의 의식은 무언가 이 세상을 향해 깊게 토로하고자 하는 작가 정신으로 꿈틀거린다.

매일 달리는 택시 속에서 만나는 수많은 군상(群像)들은 그의 의식 속에 때로는 평범한 일상의 이야기 같지만 그 군상만큼이나 많은 세상의 모습을 보면서 각양각색의 느낌과 깨우침을 이 수필집에서 토로하고 있는데, 일상의 이야기들 속에 다 풀지 못하는 삶의 안과 밖을 그는 '시'로서 풀어내고 있는 것이 이정관의 처녀집 '굴렁쇠의 단상'의 특징이라 하겠다.

그는 이렇게 말한다.

달궈진 도로위로 더딘 걸음이 굴러간다.
지나간 자리에 고스란히 남은 상처들
그만큼 무거운 삶이였던가?

-중 략-

걷고 있는 이 길이 맞긴 하는 것일까
같은 길을 걷고 있는데 매일이 다를까
희미한 이 길에서도 끝과 시작은 움직이고 있겠지

-수필 <시작이다>의 내용 중 시 '어느 길에 서서'-

사람이 걸어가는 길은 천태만상이다.
그것은 하늘보다도 바다보다도 더 넓고 광대한 시간과 공간의 길이다.
자신이 가는 길이 제대로 가는 길인지 확연하게 아는 사람은 거의 없다.

그러하기에 가다가 넘어지기도 하고 다치기도 하며, 때로는 실수로 인해 좌절되기도 하는데, 반면에 의외로 호젓하고 평탄한 길을 만나 평화롭게 걸어가기도 하는 것이 인생길이요 세상길로서 당장 바로 앞길을 알 수 없는 것이 우리네 삶의 길이다.

수많은 사람들이 걸어가고 또 걸어간 시간의 길은 열정과 고뇌로 달궈져 있는데, 이 길은 조심스럽게 더디게 걸어갈 수밖에 없고, 그 걸음 자국마다 고뇌의 무거운 삶은 깊게 발자국을 남겨두고 갈 수 밖에 없어서 이러한 현실을 작가 이정관은 토로하고 있는 것이다.

또한 예측 불허인 삶과 세상사의 길을 걸어가면서도 과연 이 길이 자신이 평소에 원하는 길이었는지 잘 가늠되지 않는 인생길은 마치 안개 속과 같은 길인데, 이 속에서 느끼는 작가 이정관의 사색은 그 안과 밖의 실체가 매일 새롭게 시작하고 끝나는 연속의 반복 속에서 이뤄지고 있다는 삶의 진리를 터득하고 있는 것이다.

작가 이정관의 '굴렁쇠의 단상' 은 책에서 현실적 세상은 비록 고뇌와 아픔으로 채색되어 있지만 그래도 삶의 길은 걸어 갈만한 가치가 있고, 매일을 새롭게 달려 갈만한 희망이 있다는 것을 이 책에서 강조하고 있다.
결국 이 길은 둥근 굴렁쇠처럼 사랑과 이해, 배려와 용서로 달궈가야 하며 희망과 용기로서 끊임없이 굴려가야 할 삶의 길임을 각 장마다 이야기하고 있다.

작가 이정관은 오늘도 택시(굴렁쇠)에 몸을 싣고 만나는 새로운 사람들과의 교감을 통해 자신을 성숙시키며, 세상을 향해 아름다운 목소리를 내고 있는 것이다.

이 책의 특징인 '수필 속의 시'가 돋보이며, 책제(冊題)를 단상(斷想)이라고 하였지만 사실은 우리 가슴 속에 오래도록 남을 장상(長想)으로서 사람들이 굴러가고 세상이 굴러가는 한 작가 이정관의 '굴렁쇠'는 살아 움직이며 오래도록 기억될 이야기라고 말하고 싶다.

목 차

목 차

1. 시작이다

　수필 쓰기에 도전하게 된 이유는 첫째는 글을 더 자유스럽게 표현하고 둘째는 어떤 이슈보다 아니면 자연을 그리는 것보다 바쁘고 각박하게 살아가며 들숨 날숨에 벅차하는 사람들의 끈적한 삶과 내면을 글로 표현하고 싶어서였다.

　사실 나 자신도 살아오면서 가슴을 얼마나 옥죄고 살며 숨어서 적셨던 수건은 족히 만 장도 넘지 않았을까?

이제는 말라 흔적만 남았지만 그로 인해 다른 이들보다 일찍 철이 들긴 했지만 말이다.

　각설하고 글을 쓸 수 있는 그때까지 편한 마음으로 단편적인 생각으로 쓸 계획이다. 나름의 글을 저장할 공간에 어울리는 간판 작명에 긴 시간을 투자를 해서 굴렁쇠라는 아주 흡족한 이름을 선사하고 이제 서두를 올린다.

　어릴 적 거의 누구나 한 번쯤은 굴렸을 굴렁쇠였을 것이고 30년 전 88 올림픽 때 전 세계가 보았을 우리의 전통 놀이기구였고 지금은 가끔 초등학교나 단체 운동회에서나 볼 수 있는 굴렁쇠가 떠오르면서 손길이 바빠지기 시작했다. 선인들이 굴렁쇠라는 놀이를 통하여 어릴 적부터 인생을 둥글게 살아가는 연습을 시켰으리라 하고 추측하지만 굴렁쇠를 어떻게 다루어야 잘 굴러갈 수 있는지가 우리네 인생살이와 흡사하여서 마음에 쏙 들었다. 요령껏 잘 굴려야 하고 서툴러 쓰러지기도 하며 다시 세워 출발하고 몇 번의 쓰러짐으로 아예 굴리기를 포기하기도 할 것이다.

둥글기에 모나지도 않은 굴렁쇠 안에 사랑, 이해, 배려, 용서, 감사 등의 마음을 잘 쟁여서 이곳저곳으로 굴러가다가 힘들면 잠시 옆으로 쓰러져 쟁였던 것들을 풀어놓기도 하고 그 덕에 쉬기도 하면서 그러다 다시 일어나 구르면서 낯 설은 다른 곳을 찾아다니는 굴렁쇠처럼 그런 마음으로 우리네 사람이 살아가는 삶과 마음을 쓰고 싶다. 그래서 선택한 직업이 텔레비전에서 본 택시처럼 진짜 택시 기사로 취업을 했다. 자동차 바퀴도 굴렁쇠와 같지 않은가 불특정 손님의 목적지 내가 알지 못하는 목적지를 향해 가면서 택시 안에서의 좁은 공간에서 삶의 희로애락을 나누면서 세상을 보는 다양한 시각을 쓰기로 했다. 더 큰 이유는 놀고먹기가 너무 어렵다는 사실이고 일하는 것이 훨씬 수월하다는 것을 알았기에 시작의 결단은 오히려 수월했다. 육십이란 그램의 무게도 버거워 휘청일 때가 많은데, 다른 길인가? 아니 아니지! 그냥 이어진 길일 수도 있는데 톤으로 치면 육십 톤의 무게로 짓눌림을 받을 수밖에 없는 현실인데, 드러낼 수 없는 연약한 조갯살 같은 내 마음은 묻는 말에 기계적인 네. 아. 네. 라는 말 외에는 목구멍을 넘으려 하지 않는다. 사인 몇 번에 주어진 무게는 한층 더 무거워졌다.

어느 길에 서서 시작하다

달궈진 위로 더딘 걸음이 걷고 있다
깊게 파인 자국을 남기면서 말이다
그만큼 무거웠던 삶인가 되물어본다

좋아서만 왔던 길은 아니었는데

그렇다고 마지 못 해 왔던 길도 아니었지만
쳇바퀴에 돌 수밖에 없는 다람쥐였을 뿐인데

폭염에 생명수가 말라버린 풀잎처럼
검게 타버린 팔뚝에는 온기마저 마른 듯
동맥마저 심장의 박동을 잊은 듯 창백해지려 한다

걷고 있는 이 길이 맞긴 하는 것일까
같은 길을 걷고 있는데 매일이 다를까
희미한 이 길에서도 끝과 시작은 움직이고 있겠지

                                        － 五常이정관

  일해야 한다는 목적의 그림자는 딴 짓하고 있었지만 안전한 운행
을 위한 계속된 교육과 차량 정비, CCTV 작동요령, 배차 관계, 세
차 요령, 교대 사항 등 생각 외로 복잡했고 새로운 사실도 많이 알
았다. 이제 현실을 직시하고 인생의 굴렁쇠를 굴려야 한다는 사실
이고 그렇게 난 새로운 세계로 떠나게 되었다.
  다들 걱정하기도 하며 격려의 손뼉도 쳐주었다.
이제 네 바퀴의 굴렁쇠를 굴려야 한다. 새로운 도전의 길은 향기롭
지만은 못할 것이고 쉽지 않다는 것이 택시기사 선배들 이야기들이
다.
이제 시작이라고 되새겨본다.

2. 설렘의 첫 손님

첫 출근 날이라 괜스레 잠을 설쳤다가 깜박 잠들어버리기라도 하면 어쩌나 했는데 걱정했던 대로 새벽 두시 반에 일어나기는 쉽지 않았다. 세상에서 제일 무겁다던 눈꺼풀을 들어올리기가 역도 국가대표 장 미란도 쉽지 않을 것이란 생각이 든다.

비비적대던 몸뚱이를 겨우 달래며 서둘러야 했다.

미적대다가 첫날부터 지각생이라는 오점을 남기고 싶지 않았기에 꾸밀 틈 없이 발길을 재촉했다.

회사가 가까워지자 갑자기 발길이 떨어지지 않아서 잠시 멈춰야 했는데 이 새벽에 사람들 표정은 어떨까?

나는 어떤 표정을 해야 하나?

뭐라고 아는 척을 해야 하나?

나름의 표정 연습도 했었는데 피식 웃음이 새어 나왔다.

며칠 전에 교육받은 대로 우선 배차 실로 갔다.

"안녕하세요."

"오늘 첫 출근입니다."

"이름은 이정관입니다."

배차하는 사람이 나를 힐긋 보더니 따라오란다.

황토색 택시 앞으로 가더니 짧은 몇 마디 말을 건네고는 가버린다.

"안전 운행하세요!"

순간 황당한 운행 기록 숫자를 보고 입이 쩍하고 벌어졌다.

기아 K5

노란색 옷을 챙겨 입고서 처음으로 배차된 차가 약 65만 킬로를 달린 차라는 것이 나도 모르게 입안에서 "헉" 소리는 나왔다.
처음 보는 황당한 운행 기록이 어이가 없었다.
 오랜 시간 여러 갈래 길을 다닌 만큼이나 푹 꺼진 운전석에 앉아 보았다.
애잔한 눈길로 두리번거려보니 무슨 기계가 그리도 많은지...
미터기. 카드결제기. 내비게이션. 블랙박스. GPS 탐지기에 방범등 까지, 한숨이 길게 나온다.
운전이야 삼십 년이 넘었지만, 나도 모르게 핸들을 잡은 손에 힘이 들어가고 있었다.

 첫 운행.
가보지 못한 미로를 들어가는 느낌으로 핸들을 잡는다.
이 새벽에 어디를 가야 사람이 있을지 의문스럽긴 하지만 내 손엔 핸들이 쥐어졌으니 길을 따라 가보자.
주행 연습이다 하고 생각하며 회사 정문을 나선다.
첫 손님에 대한 떨림, 호기심이 발동한다.

 차가워진 햇살이 눈부심으로 다가오는 이른 아침.
잠시 차를 세우고 어디로 갈까 고민에 주춤하는데, 자색 빛 깔끔한 양복 입으신 노신사께서 손을 드신다.
"어서 오세요"
"경동시장 사거리 갑시다. "
첫 손님이다.
멋지게 입으셔서 멀리 가실 줄 알았는데 하는 실망의 속 트림이 올라왔지만

"네 알겠습니다."

"멋지게 입으시고 시장구경 가시나 봐요"

노신사는 주름진 미소를 지을 뿐, 대답이 없었다.

신설동 교차로에 자동차가 제법 밀려있어서 신호대기가 길어지니까 답답하셨을까? 점잖게 입을 여신다.

"사우디 가봤어요? 엄청 고생했다오. 그래서 이만큼 나라가 발전했는데 요즘 젊은이들은 힘든 일을 안 해서 큰일이야."

답변에 망설임은 조금 있었지만,

"그래도 열심히 사는 젊은이들 많아요. 자기 인생에 도전하는 젊은 친구들 많습니다. 물론 좋은 직장에만 들어가려고 발버둥 치는 젊은 친구들도 많지요"

"아무 일이라도 하면서 인생을 시작해야지"

"어르신 말씀드리기 죄송하지만 제 시절에는 자식들 좋은 직장에 부모님들이 몸과 마음을 다하여 투자하셨고 거기에 맞추어 따르는 시대였지만 요즘 젊은 친구들은 자기 하고 싶은 일을 한다고 하네요."

종로에 버스 전용차로 공사 중이라 그래서인지 신설동부터 자동차가 엄청나게 밀리는 모양이다. 겨우 비집고 청량리 방향으로 좌회전을 받았다. 노신사는 시계를 보시더니 "기사 양반 아예 천호동으로 갑시다." 천호동이라 조금 먼 곳으로 가시기에 나도 모르게 기분 좋은 웃음이 새어 나왔다.

"알겠습니다. 약속장소가 그쪽이신가 봐요"

딱딱했던 분위기는 콧소리가 나오기 시작하며 기분이 확 바뀌며 목소리도 들뜨기 시작했다.

"여보세요 그리로 가고 있어요."

핸드폰의 음성을 최고로 높이셨는가?

상대방 목소리가 생생하게 들리는데 여성 목소리였다.

"여자 친구 만나러 가세요?"

자색 옷만큼이나 주름진 얼굴은 금세 발갛게 물들었다

"오랫동안 만난 사람이에요"

"데이트하시려고 이렇게 멋진 옷을 입으셨나보구나"

"우리 딸이 늙어갈수록 잘 꾸미고 다니라 해서"

"맞는 말씀이세요. 돈이 많아도 아끼느라 허름한 옷 입으면 보기에
도 추해 보이잖아요.

여태껏 가족들을 위해 사셨으니 즐겁게 사시면 좋지요"

"할멈이 50대에 일찍 갔어요. 내가 올해 76세야"

진짜 젊어 보이신다. 나보다 대 여섯 육십 초중반으로 보이셨는데
진짜 젊으시다. 백세 시대라 그런가? 요즘은 나이를 알아볼 수가
없다. "여기 아차산역입니다"

목소리가 다시 크게 들리며 셋이 통화하는 거 같았다.

"제가 ○○역 6번 출구 우리은행 앞에 세워드릴게요"

도착해서 비상 깜빡이를 켜고 서 있는데 예쁘게 치장하신 할머니
한 분이 오셨다.

할아버지와 눈을 맞추며 반갑게 다가와 인사를 한다.

"바로 집에 갔다가 다시 나옵시다."

"아저씨 ○○역에서 우회전이요"

"역시 멋쟁이시네요. 아버님이 자랑하며 오셨는데"

분위기도 맞추어 드릴 겸 해서 너스레를 떨었다.

"아이고 이 양반이 그랬다고요?

나는 한 번도 못 들었는데 절대 그런 말 할 사람 아닌데요?"

"그러세요? 아버님 여자 친구한테 사랑한다고 말도 하셔야죠.
요즘은 표현하고 사시는 거예요"

"맞아 좀 배워요. 오늘 배워서 사랑한다 말 좀 들어봅시다."
노신사의 얼굴은 또다시 자색 옷이 되어 버렸다.
"저 앞에 세워요"
"기사 아저씨 저기서 좌회전해서 들어가요"
할아버지는 큰길에서 내리려 했지만. 할머니는 골목길로 들어가길
요구하셨다. 할아버지 얼굴에는 민망한 빛은 잠시였지만 더 말
을 잇지는 않으셨다. "기사 양반 고마워요"
"행복하세요. 두 분 너무 잘 어울리시고 아름답습니다."
 제법 두툼한 카드결제는 나에게 기쁨을 더해 주었다.
첫 손님, 첫 요금. 카드 영수증이 손에 쥐어졌다.
네 바퀴 굴렁쇠의 주인인 나에게는 이것이 첫 수확이었고 새로운
출발의 시작이었다. 쌀쌀한 아침바람이 열린 문 틈새로 파고 들어
온다. 차가운 바람에도 상쾌함을 느끼며 이렇게 굴렁쇠의 단상 이
야기가 시작되고 있었다.

사랑의 노래

사랑은 세상 어느 곳에도 있더라.

손을 내밀면 잡히는 게
손을 내밀면 사라지는 게
사랑이라고 하지만
겉 사랑 속 사랑 따로 있으니
사랑도 종류가 많더라

이 사랑이면 어떻고
저 사랑이면 어쩌랴
사랑놀이에 눈물도 콧물도
다 흘려보았으니
이제는 진짜 사랑만 남았겠지

사랑은 모든 이의 마음속에 다 있더라.

- 五常이정관

 사랑은 젊은이들만의 소유는 아니고 누구에게나 살아가면서 사랑
이란 묘한 끈으로 계속 이어진다는 것을 보게 된 기회였다.
칠십 대의 완숙한 사랑의 커플을 보면서 사랑의 그림자는 행복이라
는 사실과 사랑을 하면 젊게 사는 비결이라는 비법을 배우는 초보
적 사실을 다시 확인할 수 있었던 노신사 손님이셨다.
 깔끔한 옷차림에 환한 긍정적 사고방식을 소유하셨고 비록 주름진
얼굴이지만 손마디마저도 매끄러워 보였다. 피부는 한층 젊어 보이
셨다.
 사랑의 양면을 뭐라고 평할 순 없지만 사랑의 묘약은 인간을 탈바
꿈시키기에 부족하지 않아 보였다. 사람은 역시 사랑으로 살아가야
한다는 것을 두 분의 모습에서 본다.
나 자신도 표현하고 실행하며 사랑으로 살아가야겠다고 생각했다.
멋지게 늙어야겠다는 생각을 다시 한 번 다짐 해보게 하는 시간이
었다.

3. 호출서비스

 환한 도시의 새벽길을 달리는 기분이 묘했다. 화려한 불빛들이
사그라진 새벽인데도 서울의 거리는 전조등이 필요치 않을 정도로
환하다. 조용필의 킬리만자로의 표범이 생각나는 새벽길.
야망에 찬 도시의 그 불빛 어디에도 나는 없다.
이 큰 도시의 복판에 이렇듯 철저히 혼자 버려진 들, 무슨
상관이랴.
나 보다 더 불행하게 살다간 고흐란 사나이도 있었는데,

"바람처럼 왔다가 이슬처럼 갈 순 없잖아."
"내가 산 흔적일랑 남겨 둬야지"
먹이 찾는 하이에나가 되어버린 기분으로 흥얼대며 주변을 두리번
거리는데, "호출 수신하시겠습니까?"
느닷없이 호출 받으라고 안내 말이 나와서 얼떨결에 승낙을 누르니
화면이 바뀌면서 전화를 하라고 지시하는데 도통 모르는 전화번호
가 떴다.

0504~●●●●~○○○○
내비게이션의 통화버튼을 누르니 수신자가 나왔다.
참 좋은 세상이다.
"거기 찍힌 주소대로 오세요."
"네 알겠습니다."

내비게이션이 위치를 가르쳐준다.

 도착은 했다고는 하는데 근처에 사람이 보이질 않는다.

전화해서 물어보니 지팡이를 짚고 있다는데, 사람의 그림자는커녕 지팡이도 보이지 않는다.

다시 전화하니 거기 그냥 서 있으란다.

본인이 오겠다고 해서 기다리고 있었는데, 아뿔싸!

시각 장애인이 네 분이었고 한 사람은 지나가다가 이분들의 손을 잡고 여기까지 모시고 온 것이었다.

"한 사람씩 다 데려다주셔야 합니다.

먼저 3호 터널 앞에서 유턴해서 소방서에 세워주세요"

"아! 네 알겠습니다."

네 사람이 각자 말하느라고 좁은 차 안이 왁자지껄, 정신이 하나도 없었다.

그 중 한 사람이 내리는 데 좀 불안해서

"도와드릴까요? 잠시만"

"아저씨 알아서 잘 내리고 잘 가니까 신경 쓰지 마시고 ○○동으로 가세요.

뒤쪽에 시장 골목 있지요. 거기 마포 ●●●● 아파트 지하주차장으로 가세요."

아니 이거 뭐 자가용 기사도 아니고 그 길을 어떻게 알고 가나 속 터진다.

시각 장애인이니 길을 알려 달라 할 수도 없고 핸드폰의 내비게이션을 찾아 찍고서 운행 하는데 "아저씨 앞이 안 보이는 사람이 택시를 찾아와야겠어요?

택시가 우리를 찾아와야겠어요?

아니 우리더러 콜택시를 찾아서 오라 하니 말이 됩니까?"

내가 생각해봐도 맞는 말이다.

"사실은 제가 호출을 처음 받아봤어요.

죄송합니다. 어제부터 택시 운전 시작했습니다."

"웃는 소리니까 마음 상하지 마세요. 아저씨"

육십 대 중반 맏형 되시는 분이 내리자

"○○동 ●●●● 근처입니다"

"알겠습니다."

남은 두 사람의 얘기를 들을라치면 후천적 병마로 시각 장애인이 되었고 단체 모임에 참석했다가 오랜만에 만났다고 가볍게 한잔하고 헤어지는 중인 것이다.

어딘가 전화를 하더니 다른 사람을 만나려 하는가 보다.

도착 장소에서 서로 반가워하는 것을 보니 일반인들과 마찬가지였다.

술 한잔하자며 다시 가자고 하니 어쩔 수 없이 앞좌석에 타라고 문을 열어주고 뒷사람의 문을 열려고 가는 사이에 한 사람이 그만 앞문짝 코너에 이마가 조금 찢어졌다.

"이마가 찢어졌네. 아이고 아파!"

"우리 이마는 옛날부터 내놓고 다녀서 하루에 수십 번 부딪히고 깨지고 찢어졌는데 그걸로 뭘 그래"

"옛날 방에 들어와서 앉는다는 게 주무시는 엄마 배 위에 털썩 앉았더니 배 터지는 줄 알았다 하시더니 엄마 배 터지는 것보다 네 눈이 보이지 않는 게 속이 더 터진다 하시며 우는데, 아 진짜 미치겠더라."

차 안이 일순간 고요해졌다.

"기사 아저씨 우리 같은 사람에게는 차 문을 활짝 열어주셔야 합니다."

"네, 하신 말씀 잘 새기겠습니다.

배웠습니다."

미안한 마음으로 운전하는 내 눈에 잠시 눈물이 고였다.

식당에 도착해서 자리를 잡아주고 인사를 하고 나오는데

식당 주인의 눈빛은 못마땅함이 가득했다.

"아줌마 이분들 실수 안 하시고 점잖으신 분들입니다

걱정하지 마시고 혹여 무슨 일 생기면 전화하세요."

난 전화번호를 적어주고 나왔다.

올려다본 하늘은 먹장구름이 지나고 있었다.

다양한 사람들

다양한 모습들이 걸어간다

어딘지는 모르지만 가고 있다

눈에 익은 비슷한 그림자들

비슷하다고 우기지만 다르다는 것을 알면서도

우겨보는 건

수치감을 감추려는 건가

그렇게 자신을 잠시라도 세워본다

너무도 벅찬 세상

잠시의 망설임이 나를 감춘다

그래!

다양한 사람들이 살고

서로 다른 많은 생각을 하니까.

씁쓸한 입맛이 잠시 고개를 든다

- 五常이정관

첫 번째 호출서비스로 인하여 겪은 시간은 장애인분들에 대한 동정보다는 이해가 앞서는 배려의 손길과 눈빛이 필요하다는 것과 특히 이동수단이 굉장히 불편하다는 사실을 직접 깨닫게 되는 계기가 되었다.

우리는 모두 완벽하지 않습니다.

완벽을 위해 가려는 우리가 도리어 장애일지도 모릅니다.

누구라도 살다보면 삶이 불편하듯 이 그들도 모자라고 없는 것이 아니라 단지 불편할 뿐입니다.

4. 짝꿍과의 인연

사흘간의 예비 기사에서 이제 정식 기사로서 지정된 차량과 교대자가 배정되었다.

오전 근무만 하면 돈벌이가 안 된다고 하면서 주야를 하라고 하는데 굳이 그럴 필요는 없을 것 같아서 오전 4시부터 오후 4시까지 승무하는 오전 근무만 한다고 결정해 버렸다.

어떤 문제가 돌출되기 전까지는 흔적과 냄새로 같이 움직이며 짝꿍 인연을 맺을 소나타의 운행기록은 21만km로 아직은 영계에 속한다고 한다면서 영업용 차량은 한 달 평균 일만km의 거리를 달린다고 하니 엄청나다.

교대 자와는 필요시에만 통화하고 각자 시간에 잘 맞춰서 근무하라고 조언을 해준다.

그래도 차 한 대를 오전 오후 나누어 타는데 얼굴도 서로 안 보고 일하나 싶었지만 여기만의 보이지 않는 규칙 일 수도 있다고 생각했다.

서울 33바8○○○호를 찾았다.

모습을 익히려고 차 주변을 두어 바퀴 돌면서 무언의 인사를 나눴다.

주어진 다른 인생의 동반자 거의 열 시간 정도는 미우나 고우나 붙어 있어야 할 사이 아닌가.

어쩌면 차나 나나 서로 목숨이 담보된 사이일 수도 있다.

기기 하나에도 괜히 손때를 묻혀보면서 나직이 속삭인다.

서로 잘 지내보자고 마음의 악수를 하였다.

어디 너의 심장 소리도 들어보고 팔다리도 만져보자!
너의 목소리는 벌써 예민해졌구나.
자주 듣지는 말아야 할 경적이구나.
성깔 있는 소리는 남에게 피해도 주니까 말이다.
자! 이제 우리만의 여행길을 나서 보자.

만 연

살다 보면 기연으로 만난 사람들

삶에서 잠시 스친 인연들
다시 안 볼 듯 등 돌려간 인연들

한 줄기 빛으로 생기를 준 인연
설렘으로 가슴에 스며들던 인연

가시에 찔린 듯 아픈 상처만 준 인연
칼날에 베인 듯 시린 상처만 준 인연

이연 그 하나로도 아픔이기에
이별 아픈 말이기에 상처만 남을 뿐

시간의 강물은 소리 없이 흐르고
아픔도 상처도 점차 흐려져 가겠지

합연도 세월의 흐름에 퇴색해지고
오롯이 가슴속에 담아놓을 인연들

- 五常이정관

 문득 떠올리면 좋은 기억으로 짧은 미소 줄 수 있는 선연으로 남
고 싶다.
번잡하던 낮과는 다른 새벽의 매력에 빠져든다.
아마도 새벽과 열렬한 사랑을 속삭여야만 하는 정해진 삶일 수도
있었겠다.
 길음동 아파트 단지 길 이 길은 나의 많은 것을 간직하고 기억하
게 하는 길이라서 일부러라도 지나가는 곳이 되었다.
그렇다. 어린 시절 살았던 곳이었고 초등학교 때 전학 와서
사회진출 할 때까지 눈물의 회한이 젖어 있는 곳이기도 하다.
결혼해서 다시 찾아온 것도 이곳이니까 말이다.
나도 모르게 귀향 본능이 살아났나 보다.

 오늘 첫 손님이 보인다.
어라 엊그제 탔던 손님인데 진짜 같은 손님이었다.
"정릉2동 앞이요" 맞다. 너무 신기하다.
기본요금이었지만 감격에 찬 마음은 울렁대기까지 했다.
"안녕히 가세요. 좋은 하루 보내세요."
잽싸게 자동차를 유턴해서 어디로 가나 지켜보니 편의점을 운영하
시는 분이었다.
늘 이 시간에 출근한다는 얘기잖아 그럼 시간이 맞으면 단골이 될
수도 있겠네.

하다 보니 손님 모실 때마다 진짜 잘 해야겠다고 다짐을 해본다.

야! 참 오늘은 인연을 맺는 날인가 보다.

자동차하고도 짝꿍 맺고 똑같은 손님을 태우다니 인연이라는 게 참 무섭다.

옛말에 "나그네야 지나던 길가 우물에 침 뱉지 말아라"

하던 말이 딱 맞는 말이다.

내가 택시 손님으로 탈 때는 신경도 안 쓰던 일들이었는데 이제는 핸들 가족이 되었으니 잡고 있을 때까지는 진심으로 손님을 친절하게 모실 수 있도록 노력 해야겠다고 다짐해 본다.

또한 살아가면서 내 언행에 더 주의하라는 오늘 주어진 경고이자 가르침인가 보다.

내가 나를 만드는 거니까 자신에게 먼저 깐깐해져 보자 다짐한다.

5. 안전지대에 생긴 지진

 새벽길이 어제의 혼란스러움으로 인하여 썩 내키지 않는 걸음이 되었지만 출근은 출근이다.

새벽 길거리마저 적막하니 여파가 있긴 있는 모양이다.

먹자골목의 발길이 뜸하며 조명 불빛까지 냉기를 머금고 흐릿한 시선을 던지고 있다.

괜한 출근길인가 싶어 잠시 머뭇거리다가 발길을 재촉했다.

어제 포항에서는 오후에 두 번의 지진으로 대혼란이 일어났는데 피해가 생각 외로 많았다.

타는 손님마다 지진 이야기로 말을 시작하며 걱정에 지진을 방불케 할 정도로 진저리친다.

일본의 지진과 그 여파인 쓰나미에도 잠시 호들갑에 정신이라도 차릴 것 같더구먼, 그새 잊어버리고 엉뚱한 법이나 만드는 허수아비 국회다.

작년보다 지진 감지를 9초나 당겼다고는 한다.

지구의 자연 체계에서 가장 예측할 수 없는 것이 지진이라고 한다.

손님들은 차후 대책을 마련해야 한다는 뜻에는 모두 동조하는 의견을 남겼다.

카카오 톡으로 처음 호출을 받았는데 도착지가 서울역인 걸 보면 아마도 출장길 일인 것은 안 봐도 밥상이다.

"어서 오세요. KTX 타려고요?"

"네"

"열차 시간은? 빨리 가셔야 하나요?"

"괜찮아요. 시간 충분합니다."

"출장 어디로 가세요?"

"울산입니다"

"아이고 포항 근처로 가시는데 조심하셔야 하는데"

그는 엷은 미소로 대답을 하며 스마트 폰에 꽂혔다.

스마트 폰은 이제는 반려 핸드폰의 위상을 지니고 가끔 갑질을 해대며 속을 태우기도 한다.

오늘은 12년의 지식을 단 한 번의 시험으로 판단하는 수능 날인데 다행히 전날 지진이 나서 큰 혼란과 대형 사고는 막지 않았나 싶다. 물론 철저한 준비로 컨디션 조절까지 마친 친구들은 멀쩡한 대낮에 날벼락이 떨어진 것이다.

그러나 꾸준히 준비한 친구들은 미루어진 일정에도 흔들리진 않을 거라 보지만 혼란의 일주일이 그들에게로 다가왔다.

부디 수험생들은 잘 이겨내리라

다시 한 번 박수로 격하게 응원을 해본다.

사상 처음 수능 일은 일주일 미뤄졌지만 과거를 돌아보면 우리 사회에서는 어느 일에서든지 다수를 위해 소수가 피해를 받고 소외되었던 결정이 많이 있었다.

이번 기회에 성숙한 판단을 내린 교육부 관계자와 상처받은 소수에게 넉넉한 배려의 큰마음을 보여준 다수의 학생에게 진심으로 큰 박수를 보낸다.

우리 사회에서 이번 기회로 인하여 이해가 담긴 배려와 사랑과 용서가 마음속까지 새겨지는 계기가 되었으면 좋겠다.

일주일 후에 최선을 다한 노력의 결실이 있기를 기원해 본다.

멋진 하늘이 쥐었던 구름을 놔주고 파랗게 옷을 갈아입었다.

사회 전반이 이처럼 아름답게 변해 갔으면 하는 어설픈 굴렁쇠의
斷想이었다.

6. 출근길

 세상은 참 빠르게 변하는데 눈은 흐려지고 손도 더디게 움직이니 뇌하수체의 호르몬이 생성을 멈추었는가?

자신감도 점차 떨어지는데 카카오 톡으로 하는 콜 서비스가 손님이 훨씬 많다는 정보에 한 시간 씨름 끝에 겨우 설치할 수 있었다.

너무 좋은 세상이 아닌가?

능숙하게 다룰 수 있다면 더할 나위가 없다.

손가락질 몇 번에 필요한 것을 얻을 수 있는 세상이니 말이다.

전화기를 갖고 다니고 영화도 골라서 보고 이메일도 보고 뭐든지 예약도 하고 요즘 우스갯소리로 뭘 모르면 네이버에 물어보라고 하더라.

 별거 다 있는 세상이려니 하고 우습게봤던 택시기사라는 직업도 별거 다 해야 하는 전천후 시대가 되었나 보다.

"아저씨 저 늦었어요. 광화문이요. 빨리 가 주세요."

여성 손님은 동작도 말도 빠르게 하며 올라탄다.

 출근 시간 때가 되면 손님들 거의 다 빨리빨리 가자고 달달 볶는다.

대답하는 목소리는 점잖았지만 속은 시커멓게 타들어간다.

오 분만 일찍 일어났으면 할 것 다 하고 갈 텐데, 요새는 알람 소리도 다양하던데, 자기가 늦게 움직이고서는 택시기사를 들볶아 대며 빨리 가자고 한다.

 굴렁쇠는 마음이 급해서 서둘러 가는데 차량 행렬은 끝이 보이질 않으니 답답했나?

창밖을 힐끗 내다보던 여성 손님이 화장을 시작하는데 나는 아들만 키워서 그런가?

좀 어색하게 보였지만, 화장을 참 기가 막히게 잘한다.

흔들리는 차 안에 앉아 빠른 손놀림으로 눈 화장과 립스틱을 수채화 그리듯이 잘도 그린다.

대단하다는 말 밖에 안 나온다.

"에~치 에~~치"

화장품 알레르기가 시작되었고 열 번 가까운 재채기가 끝나고서야 기침이 가라앉았다.

아내는 나의 화장품 알레르기로 조금도 짙은 화장을 안 했던 것 같아서 괜스레 아내한테 미안한 감정이 솟았다. 이따 퇴근해서 남편표 김치찌개로 이벤트를 해줘야겠다.

아내가 퇴근 후 엷은 미소로 "제일 맛있어." 과대포장 된 칭찬 보따리를 풀어주면서 저녁을 먹도록 해줘야겠다.

"손님 어디쯤이요"

"건너가서 바로 세워 주세요."

"화장을 벌써 다 했어요."

그녀는 조금은 민망한 빛으로

"아침에 괜히 바빠요. 아기가 밤새 잠을 설쳐서"

"아니 결혼하셨어요? 아가씨인 줄 알았더니"

"네"

"카드 결제요. 여기다 대세요."

"좋은 하루 보내세요."

"아저씨도 돈 많이 버세요."

아기 엄마는 종종걸음으로 건물 속으로 빨려 들어갔다.

우리 어머니 말씀을 빌리자면, "여자는 아름다워야 할 권리도 있고 아름답게 꾸며야 할 속성이 있어서 여자에게는 아름답다는 말은 당연한 거야"

언젠가 어머니와 출타할 일이 있어 기다리다 짜증을 냈더니 꺼내신 말씀이셨다.

물론 직장인이니까 꾸며야지 저렇게 짧은 시간에 화장을 끝내면서 집에서는 도대체 왜 그리 늦게 화장을 하는 건지 알 수가 없으니 택시에 타서 화장하는 손님에게 직접 물어봐야겠다.

재촉당하는 일과에 매달리고 살아가는 이유는 무얼까?

아침 출근 풍경을 물끄러미 본다.

나도 굴렁쇠에 걸터앉아 있지 않은가 핑계는 있지만. 진짜 내 마음은 무얼까?

나도 나에게 물어볼 자신이 없는 것 같다.

전자화 시대. 3D 시대. 핵 복합 시대(4차 산업)에 접어든 바쁜 시대를 사는 요즘 젊은 사람들 보면 도리어 내가 살아온 환경이 힘들었다 고는 하지만 노란 꿈. 파란 희망을 품을 수 있었는데 아마도 요즘은 꿈꿀 틈도 없을지도 모른다.

그래도 부정적 보다는 긍정적인 생각이 나를 더 크게 하지 않을까 싶다.

7. 목가적 그리움

새벽 출근길도 벌써 2주일이 되었다.

주중에 걷는 새벽 3시는 나름의 고요함이 묻어 있는데 주말은 저녁보다야 덜 하지만 집에 가는지 나오는지 구분이 어려울 정도로 젊은이들의 발걸음이 부산하다.

서울 구청별로 훑어보니까, 두세 곳 정도의 유흥 밀집 지역이 존재하고 있어서 그곳은 화려한 불빛과 어울린 젊은 빛이 조화를 이루고 있었으며 그들의 자유가 주말에는 방임되고 있었다.

그곳 외에는 호출 손님뿐이어서 새벽에 손님을 태우기 위해서는 먹자골목으로 갈 수밖에 없었다.

그래서 인지 택시가 줄을 서있었다.

제법 시야를 파고드는 간판의 불빛은 편의점, 고기 집, 먹거리 프랜차이즈. 노래방, 모텔들이 서로 순위 다툼이라도 하는 듯 번쩍이는 간판들과 그 주변을 서성이는 사람들로 부산하다.

바쁜 사회 적응에 친한 이들과 만남도 수월치 않아서 피곤하더라도 그간 쌓인 스트레스와 연민의 정을 나누려고 하다 보니 넉넉지 못한 시간 제약으로 주말의 밤을 선택하지 않았을까 싶다.

삼삼오오 짝을 이룬 젊음은 짓궂은 장난과 파안대소 수다의 고성은 꾸벅 조는 간판 불을 깨운다. 뭇사람 시선은 안중에도 없는지 키스에 열중하는 연인들을 보면서 사랑은 표현이다.

주장하는 나의 눈에는 조금은 부럽기도 한 모습이었다.

한기가 느껴지는 쌀쌀함이 사랑의 온도를 더 높일 수 있는 절호의 기회가 되어 평생 반려자가 될 수도 있지 않을까 하고 생각해 본다. 결혼 적령기 자식을 둔 아비의 마음을 슬쩍 묻혀 본다.

24시의 편리함과 활동성이 보이는 밤 문화에 외국인들이 보는 관점은 우리나라 정치와 경제가 혼란하고 분단국가로 전쟁이란 악재가 있음에도 상당히 고무적으로 생각하는 것 같았다.

외국에서는 좀처럼 찾아볼 수 없는 대한민국의 밤 문화에 놀라는 모습이었고 이태원 주변과 홍대 주변은 내가 아예 외국에 온 것 같은 착각마저 들게 했다.

왜곡의 눈으로 판단해서는 안 되겠지만 나 자신이 노부가 되었구나 하는 생각을 했다.

첫 단추

셔츠의 마지막 단추가
끼울 구멍을 찾지 못할 때
그대로 나간 적은 한 번도 없이
처음부터 다시 단추를 끼운다

서두름이 원인
자신 뜻에 따라 행동한 서두름 때문에
첫 단추인 인본주의는 간데없고
이데아를 앞세운 사이비가 난무해진 세상
결국은 병든 감각적 향락주의가 만연해
구멍 잃은 단추처럼 타락한 자신을 상실해가는 시대

자율적 통제를 분실한 개인주의와
훼손된 독립성이 물려받은 세속주의

다시 첫 단추를 잘 끼울 수 있도록
옛날로 돌아가고 싶다는
목가적 그리움이 스며든다

- 五常이정관

8. 당당한 나의 콩글리시

늦가을을 쫓아내려고 동장군이 척후병을 보냈는가.
몸을 움츠리게 만들더니 아 추워! 하는 소리가 절로 나온다.
밤 새웠던 웬만한 가게는 벌써 퇴근했는지 불이 꺼져 있는 집이 더
많고 사람들 그림자도 보이질 않으니 오늘도 손님 태우기가 걱정되
는 출근길이다.

둘둘 싸매고 걷다가 불 꺼진 가게 유리에 비친 자화상에 찡긋 하
고 윙크를 보내봤다. (별 ○○ 짓거리를?) 교대 기사 덕에 택시 안
은 훈훈했다.
40여 분 길거리를 헤매다 보니 길고양이의 마음을 조금은 알 것
같기도 하다.
아 싸 손 드는 사람이 보인다.
"어서 오세요. 춥지요. 어디로 갈까요?"
"해방촌이요"
"어디로 해서 갈까요?"
"알아서 가세요."

추워서 그런지 길거리에 사람 그림자도 보이지 않는데 이 손님은
멀리 갔으면 하는 마음뿐이다.
어느새 욕심쟁이 놀부가 되어버렸나 보다.
새벽이라 내비게이션 따라 20분도 안 되어서 목적지에 도착해 버렸
다. 참 좋은 세상이다.
맞은편에서 걸어 내려오던 한 외국인이 손가락으로 원을 그리며 돌

리라고 한다.

조금은 마음이 내키지 않았지만 할 수 없지 않은가.

"어디 가세요?"

"양~~평역 5호선"

"오케이"

"경기도 양~평 No"

"영등포 양평 스테이션"

"오케이"

서로 오케이 만 연발하며 대화는 이어졌다.

"아일랜드에서 왔어요."

"난 대한민국 사람입니다. 히히"

"두부김치 김치찌개 최곱니다"

"막걸리? 소주?"

"위스키 알아요? 스코틀랜드 위스키"

어쨌든 우리의 대화는 어설프게 이어지고 있었다.

"1920년 아일랜드 독립 대한민국처럼 그래서 더 좋다. 일본 영국 똑같다. 나쁜 놈들"

엄지를 아래로 내리면서 나쁜 놈들이라고 한다. 자기 나라 침략자여서 그런가보다.

그러고 보니 외국인이든 한국인이든 공동 관심사에는 서로를 이해하려고 하는가 보다.

암튼 나의 콩글리시는 서로 손을 부딪치며 뜻을 같이했다는 것으로 마무리가 되었다.

엊그제도 말이 통하질 않아서 외국인을 못 태웠었는데 그 외국인은 한국 여행 와서 실망을 많이 했을 것이다.

내가 외국에 나가서 그런 일을 겪는다면 그 나라를 다시 가고 싶지 않을 것이다 싶어서 네이버를 뒤적거려 파파오 통역 어플을 깔았는데 오늘 깜박 잊고 쓰질 못했다.

근래 어지간한 젊은이라면 영어 정도야 쉽지 않을까?

여행객 입장을 역지사지로 생각해서 명쾌하고 친절하게 대하여 주어야 할 것 같다.

나라의 관문이라고 일컫는 택시 기사가 능숙하진 못해도 전철역과 관광지 이름과 그리고 뭔 호텔이 그렇게도 많은지 호텔도 가맹점인지 1호 2호 3호 정신없지만 그 정도라도 외워야 택시기사라고 할 수도 있겠다.

호텔도 아파트도 그렇고 커피전문점도 그렇고 모두가 혀 꼬부라진 영어로 이름을 달고 있다.

한국어 이름이면 주가가 내려가나 원 참 글 쓰는 사람으로 볼 때 어이는 좀 없다 만은, 어쩌랴!

이것도 유행이라서 좀 지나면 다시 우리 말 우리글이 쓰일 거라고 기대를 해본다.

나의 콩글리시는 아일랜드 사람하고 얘기가 통했다는 데서 자신감도 얻었지만 만국 공통어인 손짓 몸짓이 전부만은 아닐 것 같다.

공통어인 영어는 조금이라도 배워야 할 것 같다.

이 나이에 도전거리는 왜 이리도 많은지 그래도 도전해보자.

9. 사는 게 다 법은 법인데

익히 살아온 육십 년 세월 방송 매체에서의 혼란스러운 뉴스에 지쳐간다.

사람이 정한 법 누구나 공평하게 지켜야 할 법 우리는 보통 그렇게 알고 살아오지 않았던가?

그러면서 법은 늘 강자 편에 서 있는 것을 봐왔지만 약자에게는 원칙이 따르고 강자에게는 저의 뜻대로 이다.

그 규칙 아니 법을 지키기 위해 새벽 출근길을 서둘렀다.

을씨년스럽다 못해 이제는 옷을 단단히 여미게 하고 장갑에 마스크도 써야 하는 추위다.

종종걸음에 입에서는 하얀 김이 모락모락 피어난다.

40분 걸어서 도착했다.

택시 안이 따뜻하니 기분이 좋아지며 핸들을 잡았다.

"오늘은 차량 일제 검사입니다."

배차부장의 큰 목소리가 택시에 올라타기라도 했는지 쩌렁 울렸다.

자격증과 안전띠. 핸들 보조기. 매트. 트렁크 정리 뭐가 그리도 많은지 오늘 시청 구청 일제 점검을 한다고 한다.

택시기사로서의 지켜야 할 의무 아니 법규라 해야 한다.

승차거부. 합승. 부당요금징수. 도중하차. 불친절. 운전 복 착용. 차 안 흡연금지.

타 구역 영업으로 적발 시 구청 출석 진술서에다 벌금 또는 차량이나 개인적인 택시 영업정지 또는 벌점의 행정조치가 있고 개인적으로는 과속. 신호등 위반사항은 절대적인 개인 부담으로 택시에 시동을 걸면 그때부터 온갖 법규에 옥죄고 묶이어, 어느 것 하나 빠져나갈 틈이 보이질 않는다.

택시 기사를 시작하면서 공공의 질서를 지키기 위해 나름의 인사법을 준수하며 운행해야 한다는 것을 수차례 교육을 받아 머리에 꽉 박혔다.

우리나라의 관공서나 모든 회사들이 까다로운 택시 기사 처벌법처럼 교육받고 실행하면 좋을 것 같기도 하다.

빈차 등을 켜고 그냥 지나가도 승차거부로 신고할 수 있고 승차하고 출발하면서 미터기를 켜야 하며 도착 즉시 미터기를 정지시키지 않으면 부당요금으로 처벌이 될 수 있다.

그리고 손님에게 목적지 가는 길을 묻고 손님이 원하는 길로 운행하지 않으면 그것도 부당요금이 될 수도 있다고 한다.

손님이 내립니다. 할 때까지 골목길도 들어가야 한다.

거부하면 도중하차 법에 해당한다.

차안의 흡연은 교통 경찰관은 단속권이 없고 시 군 구청 담당자에게 단속권이 있다고 하니 우리나라의 애매모호한 법이 참 많기도 하다. 시청에 질의한 결과 아주 꼼꼼하게 손님을 위한 법으로 나름은 제정되어 있었다.

법은 법이니 지켜야 할 것이고 그 법에 따라야하는 것이 현실이다.

현실은 솔로몬이 그립다

80년대로 타임머신 탔나 했더니 이번 여행은 기원전으로 돌아가 버렸네

공공의 질서를 가름할 법은 분명히 만인에게 평등하다 배웠을 텐데
시험 관문만 통과한 무식한 손에 정치라는 억지 논리에 망치만 휘
두른 법이 조소 거리로 전락했는데도 잠자코 있는 세상이 한낮의
해바라기 같구나
남편이 도적질하여 처자식 먹여 살렸다고 펜을 휘둘러 감형시키고
강도질하여 동네 잔치해줬다고 공소기각이라고 하니 도적질 강도질
한 원죄는 무어라 해야 하나
여름내 플라스틱 쓰레기통 채워서 버리려다가 무성한 구더기에 아
연실색한 얼굴도 그 짝이네
서민들을 위한 법이라고 떠들더니 십 년 지난 택시 발전 법은 웬
말인고
현실이 우선인 세상에 탁상 놀음 짓에 서민들 주둥이만 애달픈 시
절인가.

- 五常이정관

 요즘의 세상사를 보면 법인가 싶은 법을 뒤집어 보면 그렇질 않
고, 잘했다 싶으면 금방 뜯어 고치니 법에 대한 신뢰도는 밑바닥
일 수밖에 없다.
그러나 악법도 법이라는 것을 모르고 사는 사람이 바로 나 자신 일
수도 있다는 생각이 든다.
택시 기사 제재에 관한 법은 손님을 위한 법으로 제정되어 있다는
건 좋다.
 하지만 그 법이 준수가 되려면 형평성이 있어야 하는데 약자인 택
시 기사의 방어력은 무시되고 일방적 징계와 제재에만 신경 쓴다는

느낌이 들었다.

 겪어야만 알 수 있는 게 사람의 삶인가 보다.

그러나 그 택시 관리법을 오죽하면 이렇게 꼼꼼하게 만들었을까 싶은 생각이 들기도 한다.

어느새 현실에 나는 암묵 돼 가는 것 같다.

 택시 기사와 손님을 위한 법이길 바라듯이 대한민국 헌법도 모든 국민에게 평등하길 바라는 머리 아픈 하루였다.

10. 우이천의 밤

대문을 나서며 늘 하는 습관을 반복한다.

출타 중이든 출근 중이든 상관없이 집을 나설 때, 하늘을 보는 습관이 생겨서 언제부터인지는 몰라도 무의식중에 하늘을 올려다본다.

아마 이십여 년 전 이곳에 이사 와서 자리를 잡으면서 생기지 않았나 추측해본다.

지방의 산등성이나 아니면 한적한 곳에서는 언제나 자연 그대로의 낮과 밤의 하늘을 볼 수 있다.

하지만 서울은 매연과 찌든 한숨과 부대끼는 삶의 땀내와 달빛과 별빛보다도 요란한 불빛들이 하늘과의 공간을 점령하고 있어서 종일 하늘을 한 번도 안 보는 사람들이 아마도 거의 태반일 것이다.

별이 총총 이던 어제와는 달리 오늘은 기어코 새하얀 눈이 소복소복 쌓이기 시작한다.

여지없는 출근길 전쟁이 시작되었다.

하얀 천으로 깔렸던 길은 삽시간에 세상의 때로 물들어 질척대는 시커먼 길이 되어 버렸다.

카카오 톡 호출은 1초마다 숨 가쁘게 애원을 한다.

숙달이 덜 돼서 그런가?

정신을 홀라당 뒤집어놓아서 운행 중으로 조작을 해놨더니

우와! 차 안은 조용해졌는데 십분 째 손님이 안탄다.

다시 호출을 해제하니 기다렸다는 듯이 호출이 번개처럼 나타났다

가는 사라진다.

우리 사회에서도 예약문화가 자리를 잡는 것 같았다.

드디어 이십여 분만에 손님을 모셨다

"어서 오세요." "수서 SRT 역입니다."

"네! 출장 가시나 봐요?"

"아니요. 평택으로 출근합니다."

"자동차 회사가 다니시나 봐요"

"법무 법인 변호사입니다"

와! 젊은 나이인데도 아마 판사 검사를 거치지 않고 바로 변호사가 되었나 보다.

"수유리 쪽 차량인데 이 끝에서 저 끝으로 갑니다."

"그러세요? 제 부모님도 수유리 사십니다."

"반가워요. 저도 그쪽에서 오십 년 살았습니다."

"저도 거기서 태어났어요. ○○고등학교 나오고요."

"강남에 살아도 친구들 보러 수유리 자주 가요"

"하하 부모님 뵈러 자주 오세요."

"자 다음에 또 봐요. 좋은 하루 보내세요."

알 수 없는 게 사람들과 만남인가 보다.

재개발로 인해 아파트촌이 들어서면서 낯설고 번잡한 곳을 피해서 이곳 쌍문동에 자리 잡은 지 벌써 이십 년이 지나갔다.

새벽의 우이 천 길을 운동 삼아 걷기도 하고 수유전철역까지 걸어서 다니기도 하면서 조금 일찍 나오면 주변을 돌아보면서 유유자적 걷다보면 이제는 고향이 되었는지 걸음도 편안해졌고 생각도 여유로워졌으며 사실 나 자신도 많이 변했다.

낯익은 곳에 오면 마음에 안정감이 찾아 들고 집 근처에 오면 괜히 익숙해져서 늘 보이는 모든 게 정겹고 하다못해 가로수도 반갑다.

우이천의 밤

짙은 어둠이
물러갈 기색도 없는 우이천
서늘한 바람이 서둘러 기웃거려도
가쁜 숨들은 들풀 속에 잠들고
잔기침에 느릿한 걸음도
젖은 기운에 묻혀있네

새벽녘 우이교를 달리는 자동차의 소음에도
깨어나지 않는 우이천
미명에 흐려진 달빛
그곳엔 세월이 흐르고
인생이 흐른다

북한산 그림자 덧댄 우이천은
아직 고요하기만 한데
홀로 깜빡이는 가로등 눈빛에
밤도 깊어만 간다.

– 五常이정관

파란 하늘. 바위 세운 북한산. 밤하늘 달빛과 별빛도 반갑다가도
비나 눈이 오거나 흐린 날에는 말갛게 생긴 모습을 볼 수 없으면
괜한 걱정이 든다.
그래서 제가 살던 곳이 좋다고 하나 보다.

고향을 떠나왔을망정 부모님과 형제를 못 잊고 그리워하듯, 지금 사는 곳도 혹여 그렇게 되지 않을까 한다.

11. 세 번의 아픔

 겨울나기 채비를 하는 것을 알아챈 심술에 김장재료값과 날씨 변덕을 걱정했는데 다행히도 팔다리, 어깨, 허리가 욱신거려도 올해도 퍼줄 수 있을 만큼의 김장을 했다.

 나이는 못 속인다고 작년하고 체력이 틀려 하며 내 나이 되어 보라는 선배들의 하소연을 비아냥대며 웃던 때가 엊그제 같은데 이젠 나도 그 좋은 시절 다 갔나 보다.

뼈 육천 마디가 쑤셔대니 출근이 슬쩍 귀찮아졌지만 출근한다, 다독이며 이불을 걷어챘다.

찬바람이 온몸을 때리고는 파안대소하고 달아나는 새벽길을 터벅터벅 걸어본다.

웅크리고 걷던 걸음은 차 안에 들어오자 긴장이 풀린다.

 따뜻한 자판기 커피 한 잔에 위로를 받으며 가벼운 몸 풀기를 해본다.

수유 먹자골목으로 핸들을 꺾으니까 바로 손님이 손을 들더니 올라탄다.

"성수동 근처요"

첫 손님으로는 시작이 좋은 하루가 될 것 같다.

"네 근처 어디세요?"

"가서 가르쳐 줄게요"

라디오 노랫소리에 기분도 좋아져 핸들 잡은 손도 박자를 맞추며 종암동을 막 지나치는데

"아저씨 어디로 가세요?"

"네 성수동이요"

"아저씨 상수동이요 홍대 근처 말이에요 내부 타야죠."

어안이 벙벙했지만

"죄송합니다. 유턴하겠습니다."

룸미러로 힐끗 봤더니 손님은 얼굴을 찡그리고 째려보고 있으니 뒤통수가 근질거렸다.

"아이고 내가 잘 못 들어서 죄송합니다."

분명히 내가 듣기로는 성수동이라 했는데, 손님은 상수동이라고 말했다고 하니 내가 잘못 들은 게 확실하다.

유턴을 하고 다시 한 번 사과를 했다.

술에 혀 꼬부라진 말을 확인해야 했는데 이렇게 오늘도 첫 손님부터 첫 번째 실수를 했다.

출근 전쟁의 소용돌이 속을 빠져나오며 한숨을 돌렸다.

연세가 지긋하신 할아버지가 서서 차를 세우라고 손을 흔들어댄다.

"천천히 타세요. 조심해서 타세요."

"○○○ ○○ ○○"

전혀 말을 알아들을 수가 없다.

"천천히 크게 말씀하세요."

"내가 귀가 안 들려요. 손짓할게요. 그리로 갑시다."

"알겠습니다. 천천히 말씀하세요."

계속된 손짓을 보느라고 신경이 쓰였지만 어쩌랴! 나도 좀 있으면 그럴 수도 있는데 하면서 핸들을 돌려서 갔다.

내심 오늘은 인내심을 가져야 하는 날인가 보다.

이렇게 삶의 수행이 이어지는가 싶기도 하다.

앞세운 세 번 아픔

동그란 얼굴에 이목구비 오목조목
시원스레 어우러진 용모더니
천둥이 쳐도 들리지도 않았고
들려도 들으려 하지 않네
번개가 꽂히더니 보이지도 않고
보여도 보려고 하지 않았지
쏟아진 비에게 말을 하고 싶어도
이목구비 없이 비만 훌쩍인다
팔십 고개 꺾으니 남은 건 비 뿐이라
구부정한 허리가 기댈 곳 없네

- 五常이정관

"나도 나이를 먹나보다" 라는 자격지심에 괜스레 흐린 날씨처럼 찡 그려지는 일과가 되었지만 그것도 잠시뿐, 내가 누구던가 초 긍정 사나이가 바로 나 아니었든가!

그러고 보니 요즈음 귀가 잘 안 들려서 작은 실수를 연거푸 하고 있다는 생각이 났는데 재차 손님에게 확인하는 과정에서 손님은 불 쾌감을 나타내기도 했던 일이 두어 번 있었다.

새삼스럽고 신기한 것은 비슷한 동네 이름이 보기보단 많다는 것 이다.

보자면 강북구 우이동. 광진구 구의동. 종로구 구기동이 그렇고 양 천구 목동. 중랑구 묵동 그렇고 강서구 등촌동. 강동구 둔촌동이 그렇고 성동구 도선사거리 또는 강남구 도산사거리 그리고 신사동도 강남구. 관악구. 은평구 흩어져서 세 군데가 그렇다.

1동. 2동이라는 나열을 벗어나 동 이름을 따로 지어 부르니 예전에 알던 동이 생소한 동으로 변해서 더듬거려대니 손님이 짜증을 낼만도 하다.

서울에서 중구. 종로구가 제일 동 이름도 많은 구청이다.

동이 가장 적은 양천 구청은 신정동 신월동 목동뿐이다.

요즘은 전철 역 출구 번호와 전철역 사거리가 목적지 이름이 되어 부른다.

향토 짙은 옛 지명은 지금도 불리고 있었지만 세대의 변화에 점차 사라지고 있는 것 같았다.

조금은 안타깝기도 했지만, 그것도 시대의 흐름이라고 생각되는 굴렁쇠의 하루 단상이다.

12. 지나온 그림자

11월 발걸음이 빨라지고 있다.

일자 다리가 두 개라 빠른가 보다.

지진과 수능이 맞물린 11월이고 가능하면 기억하고 싶지 않은 일들이 많았던 11월이지만 뉘엿뉘엿 넘어가는 달처럼 천천히 넘어가겠지 라고 자위를 한다.

밤안개같이 희미한 기대를 하며 걸어가는 길 위에 서서 흐트러졌던 발끝에 살짝 힘을 더해보는 새벽이다.

차의 시동이 걸리며 아는 척하는 나의 애마는 빈자리에 서 있다가 속을 열어 준다.

습관이 무섭다더니 나도 모르게 택시를 몰고 똑같은 길을 달리고 있다는 것이다.

갈매기가 먹이를 찾아 고깃배를 쫓는다더니 손님의 부재 속에 다른 택시 끝에 줄 서 있다가 떠오른 시어를 핸드폰에 저장해 보기도 하지만 잠시뿐이다.

속성의 인간이 되어 길을 건너는 사람들을 뚫어지게 바라볼 뿐이다.

먹이를 노리는 포식자가 되어 있는 자신을 가끔 발견하고는 소스라치게 놀라기도 하지만 그때뿐, 현실 적응에 접한 한 인간의 실체를 보고 있다.

갑자기 덜컥 문이 열리며 중년의 남자가 타며

"삼성역 갑시다."

전날의 숙취가 그에게서 풍겨온다.

어쨌든 장거리 손님이니까 술 냄새가 나도 좋다.

라디오 정치 얘기를 듣던 그는

"미친놈들"

누구를 탓하는지는 모르지만.

심사가 틀어져 있다는 것을 알았기에 말대답은 줄였다.

그 기분을 건드려 좋을 건 없을 테니 말이다.

"택시 수입이 얼마나 돼요?"

"전 시작한 지가 얼마 안 되어서 딱 잘라 말씀드리기가"

"아저씨도 잘렸어요?"

"아! 네! 하하"

"피곤해요. 잠시 잡니다."

흘금 본 룸미러에 비친 그의 표정은 뭐라고

표현할 수 없는 그림자만 스치듯 보였다.

조금은 이른 시간인데도 차량은 꼬리에 꼬리를 물고 쭉 서 있다.

"이제 한 달 남았네요."

툭 던지는 한마디는 누군가에게 하고 싶던 말인지도 모르지만 쓴

입을 그는 쩍쩍 다셨다.

알기에 다른 말이 필요치 않았다.

"좋은 하루 보내세요."

탁하고 문이 닫혔고 나는 공간에 또 혼자 남아야 했다.

절규

뒤뚱대던 만삭의 달이 서산에 걸터앉자

찬바람은 핏빛으로 허공에 흩뿌려진다.
안개를 휘젓는 양손을 보는 두 눈엔 눈물이 가득하고
시퍼렇게 멍든 사랑의 절규는 조각조각 뿌려지더니
파김치 같은 삶의 고통은 흘금 돈과 이기심 뒤로 숨는다.

피하지 못해 퇴색한 그림자는 지워져 하늘을 나르며
온기마저 잃어버린 별을 뒤적여 본다.

삶과 죽음 그리고 사랑의 절규들

옥죄던 목젖이 붉은 색채로 부어오르니
멍울졌던 가슴은 풍선 되어 하늘로 솟구친다.

- 五常이정관

　젊은 날에 맺힌 절규를 품고서, 나도 그랬었다.
그만두어야 한다는 사실에 감정의 기복은 출렁이며 시끄럽고 복잡한 속내를 토해내고 싶었었다.
　막상 뭐 해야 하는지에 몰두하는 고민에 수개월은 덧없이 흘러갔고 서글픈 마음의 감정 섞인 비는 기어이 소낙비가 되기도 하고 이슬비가 되어 내리기도 하면서 감정의 밭에 채워지며 안타까움만 일구었다.
　지난날의 잔재가 파쇄 되지 않은 채 묵은 찌꺼기가 되어 아직도 악취를 품고 감정의 밑바닥에 깔렸다는 것을 한참 지난 후에야 알 수가 있었다.

과거의 그늘에 붙잡혀 있는 현실이었다.

속담에 천리마는 늙었어도 천리 달리던 생각만 한다고 했지.

왕년에 한 가닥 안 한 사람 없다.

  지난날은 지난 일일뿐, 남은 삶에 제일 나은 방법으로 살아가는 게 현명하겠지.

아마도 말이다.

13. 필자의 단상

찬바람에 마스크까지 쓰고 종종걸음으로 11월의 마지막 날인 오늘을 걸으며 지워져 가는 날들의 아쉬움은 하얀 김이 되어 뿌려진다.

이제는 31일을 담은 한 장의 달력이 남은 2017년.

목구멍을 치밀어 오르는 울컥함에 가슴이 찡하다.

늘 같은 길을 걷던 어느 날이었지.

걷던 길에서 다른 길로 방향을 바꾸기를 여러 번이었지만 인생의 신호등이 가리키는 방향으로 꾸준히 가면서도 인생이란 숙제는 어리둥절하게 했지만 순응하며 걸었던 길에서 넘어지고 일어서기를 반복했던 삶을 쓴웃음 한 번으로 넘겨버리려 한 적도 많았었지.

쉽지 않은 방향의 전환이었지만 받아들이기로 했다.

걸어왔던 세월의 흔적도 연말이란 시기가 다가오면 을씨년스럽게 파고 들어와 한기를 느끼게 하는 시간.

새벽바람에 귓볼이 차가워진 길을 걸으며 오늘도 굴렁쇠가 되어 삶의 단상을 쓴다.

손에 익은 핸들은 도로 위를 미끄러지듯 질주의 본능을 이끌어 준다.

다행히도 내가 운행하는 택시는 승객 분들이 끊이지 않아서 사납금 채우기가 수월한 것 같다.

"사람이 없어도 나가 봐야죠."

"연말이라 괜찮아지겠죠."

"좋은 하루 보내세요."

남대문시장에 손님을 내려 드리고 보니 백화점에서 연말을 위한 조명시설들이 자축하며 다색의 전구들은 깜박이고 있었다.

연말의 시간에 흔들리는 내 마음처럼 반짝이면서 말이다.

연말 분위기가 고조되는 것 같지만 연말 경기는 냉가슴을 쓸어내리고 있는 현실이다.

연말도 벌이가 시원찮다고 옛적을 회상하는 칠순의 택시 선배들이 내뱉는 넋두리가 퇴근 시간의 허공을 떠돌았다.

그런가 보다

되돌릴 수 없는 시간은
안중에도 없는지 갈 길 달려가면서
그런가 보다 하라네.

구름은 바람이 뭘 하든지
가감 없이 쥔 거 펴주며 맘껏 그리라 하면서
그런가 보다 하라네.

물은 아래로 흐르지만
고여 섞기도 하고 어쩌다 역류도 하면서
그런가 보다 하라네.

모든 것이 흐르는 시간의 차이일 뿐
그런가 보다 하라네.

연말이면 흥청거리기도 하고 삼삼오오 젊은이들의 발걸음에서 힘이
느껴지는 것 같았는데,
길가에서 들리던 경쾌한 박자의 음악 소리가 자취를 감춘 지 오래
인 거 같다.
 불과 몇 년 사이 많은 변화가 찾아왔지만 시중 경제는 가라앉아
자영업자들이 힘들어하는 목소리를 자주 듣게 되는 연말이다.
밝고 반짝이는 전구의 불빛처럼 화려하지 않은 연말이다.
다사다난 속에 살아왔던 나였지만 2017년만큼은 뜨거운 태양의 환
호를 받으며 높은 문학의 벽을 넘은 등단이라는 용기와 도전의 한
해였다고 자부한다.
 묻었던 속내는 바늘구멍 같은 환한 빛을 받으며 흰 백지에 검게
그을린 눈물로 울 수 있어서 좋았다. 2017년 12월, 남겨진 시간을
감사하는 마음으로 보내고 싶다.
오늘 하루는 굴렁쇠가 아닌 필자의 단상이었다.

14. 거듭나기

12월의 첫 햇살이 보이는 날이다.

피곤이 조금씩 쌓이는 걸 보니 택시기사라는 직업이 만만치 않은 게 분명하다.

어느 이들 말대로 택시라도 할 수 있으니 얼마나 감사하냐고 하는 그 말을 생각하며 자위를 해본다.

피곤이 빨리 찾아 들고 격세지감을 느낄 때가 종종 있으니, 내가 늙기는 좀 늙은 거 같다.

자! 이렇게 또 새로운 달의 하루를 시작해 보는 거지 뭐 별거 있나.

가끔씩 봤던 낯익은 기사들과 서툰 인사를 나눈다.

"월말부터 월초까지는 손님이 별로 없어 강남에서 빈 차로 돌다가 들어왔어 제기랄"

"나도 별로 없더라고"

오늘 하루도 눈을 크게 뜨고 다녀야 할 것 같다.

그래도 오늘은 운이 좋아 가까운 거리의 손님 서너 명을 태웠다.

마침 대여섯 명의 젊은 친구들이 보여서 잠시 기다리고 있었더니 여성 손님이 혼자 차에 탔다. 그러자 남자애들 서넛이 차를 붙잡고 말을 주고받는다.

"야! 잘 가? 전화하고"

"알았어."

"가다가 졸지 말고 내비게이션 찍고 가라! 아저씨 내비게이션 찍으세요. 야! 너 집 어디야?"

"시끄러워"

이거 좀 골치 아프게 생긴 기분이 들었지만 내리라고 할 수도 없고 저들끼리 욕지거리가 오고 간다. 뭔 말이 그렇게도 많은지.

오 분도 더 지났는데 내리지도 않고 가자고도 안 한다. 징그럽다.

"손님 인제 그만 가지요?"

"잠깐만요"

"야! ○○야 내려라. 내려!

미안하다는 말 한마디 없이 꽝 소리 나게 문을 닫고 내린다.

내 말이 기분 나쁘다는 투였다.

성질 같으면 내려서 욕이라도 하고 싶지만, 참아야지. 참아야 하느니라!

꾹 눌러 담고 떠날 수밖에.

백미러를 보니까 저들끼리 내 욕을 해대는 것 같았다.

젊다고는 하지만 안하무인격이고 도가 지나친 것 같다.

씁쓸한 기분은 먹구름처럼 덮쳐 기분이 망가져 버렸다.

거듭나기

자라는 젊음을 누구라도 꺾지 말아라

바람도 다독일 뿐이다

굳이 흔들려고도 하지 말아라

인내심을 키워라

그런데도 자신이 스스로를 흔드니

어설픈 정신이 혼미해지고

미숙함만을 남겨 놓는다.

끊이지 않는 노력에도
공허한 두려움이 느껴진다
자만을 꺾으려 칼을 든다
서글픈 현실
거듭나자는 강요는 없지만
숯덩이가 된 心傷에 색칠을 해본다.

- 五常이정관

　길 한쪽에 차를 세우고 차에서 내려 기지개를 길게 하자 몸이 으드득 소리를 낸다.
　20여 일 남짓 택시 운전에 술 먹은 사람들, 특히 남자들 헤어지는데 무슨 할 말이 그리 많은지, 보통 십 분을 족히 넘기는 것 같다. 젊은 애들 입에서 옳은 말보다 욕을 빼면 말이 안 되는 게 가슴이 아프다. 인내를 배워야 하는 직업이 운전기사뿐이겠는가 만은, 남의 돈 먹기가 그리 쉽지 않다는 건 가슴 아픈 현실이다.
　엉클어진 마음 추스르고자, 시원한 생수 한 병을 숨도 안 쉬고 들이마셨다.
　쓸려 내려가는 냉수가 잡다한 오물들을 담고 내려가는지 트림이 꾹 하고 올라온다.
　다시 잡은 핸들이 무거운 걸 보니 감정이 아직도 가라앉질 않았나 보다.
　라디오 소리를 올려서 알아듣지도 못하는 팝송에 머리를 끄덕여 본다.

그렇게 돌고 돌다 보니 시간은 벌써 퇴근 시간으로 향하고 차고지 쪽으로 방향을 잡았다.

 이른 새벽의 젊은이들은 당연한 순서에 의한 헤어짐이었고 그네들의 대화는 단지 그들만의 세상에서 통용되는 대화였으리라.

스스로 삭히지 못한 이 감정들은 나 자신이 만들었고 그것을 다스리지 못한 잘 못 된 처신이었음을 깨닫는 굴렁쇠의 단상이었다.

15. 사랑도 연습이 필요해

17년 한 해의 마지막 달을 보내고 있는 요즘 연속되는 모임으로 하루가 바쁘게 지나간다.

몇 년 전부터는 연말이 아닌 주말로 느껴질 정도로 차분해졌다고 해야 할까?

아무튼 저작권 시비로 길거리 캐럴마저 사라진 지 몇 해이다 보니 백화점 부근만 크리스마스트리가 보이고 일반 거리는 평상시와 다를 바 없다.

그래서인지 연말 기분이 착 가라앉아 거리가 조용하다.

낯익은 기사 한 분이 건네는 자판기 커피를 받아들고 잠시 그의 이야기에 귀를 기울였다.

사십 년 가까이 택시를 하셨다는 그의 얼굴은 닳아져 버린 타이어만큼이나 골이 패 있었다.

나의 애마는 하루 주야 약 400K를 영업을 하며 달린다. 천리를 뛰는 명마인지라 힘겨울 텐데도 자리를 내어주며 주인의 지시를 충실히 기다린다.

강남 신사동 주변을 어슬렁대는데 한 청년이 올라탄다.

""아저씨 용강동이요"

"마포 대교 있는 데지요"

강변북로를 타고 달리는 내내 청년의 얼굴은 굳은 채로 창밖만 멍하니 응시한 채 앉아 있었다.

"손님 이제 들어가시나 봐요"

"네"

"술도 안 먹었고 얼굴 보니 여자 친구하고 싸우셨나 봐요"

룸미러로 본 청년의 얼굴은 당혹감이 순간 휙 지나간다.

"양다리에 차인 거 같은 얼굴입니다."

"네 진짜 오늘밤 그렇게 되어 버렸네요. 휴우."

"여자 친구가 상대방 겉모습만 보고 선택했나 봐요. 손님이 남자친구로 좋아 보이는데"

"저 보다 여러 면에서 여건이 좋았나 봐요 조금은 서운해도 어쩔 수 없잖아요."

"잘 헤어졌어요. 겉만 보는 여자 솔직히 그래 봤자 입니다."

눈치를 보니 그리 나쁜 표정이 아니었기에 말을 이었다.

"가버린 여자 친구보다 더 예쁜 여자 친구 만나서 잘 하라고 하는 잠시의 연습 상대였을 뿐이라고 생각하세요."

청년은 환하게 화색이 돌더니

"연습 상대였다는 말이 너무 좋아요"

"그러니까 더 멋진 여자 만나서 그 여자 앞에서 무게 잡고 보란 듯이 보여주면 되잖아요."

청년의 기분을 풀어주느냐고 허드레소리를 한참이나 했다.

"그래도 마음 다해 사랑했으니 오늘 하루는 맘껏 슬퍼하고 내일부터는 말끔히 잊어버려요"

"고맙습니다. 아저씨"

청년은 훨씬 맑은 얼굴로 택시에서 내렸다.

이별의 전주곡

거꾸로 본 눈망울에
흔들리며 겪은 사랑이
똑바로 본 사랑보다도
또렷이 보이는 것은
비틀어진 마음 탓이라고

잡으려 머뭇거린 손
바람에 밀려 버렸나
멈칫했던 발길마저
하얀 겨울에 덮여졌나
혼자된 이별이 눈물 흘리고

떠나려는 너에게
산발한 바람이 부서지면
낙엽 같은 사랑
미련 없이 가버리라고
허공을 맴돌다 날아가 버리라고

- 五常이정관

인간은 사랑을 위해 태어났고 사랑을 하면서 살아가다 사랑으로
죽는 것인지도 모른다.
사랑을 갈구하고 사랑에 울고 웃는 사람들을 보면 아직은 순수한

사람이 많다는 것을 느낀다.
아무리 삭막한 세상이라지만 세상은 좋은 사람이 많다는 것을 생각
게 하는 굴렁쇠의 단상이다.

16. 내 맘대로 되는 것은 없다

대문 밖 세상은 하얀 옷으로 갈아입고 반긴다.

주춤대며 걷는 모습이 세월을 숨길 수 없나 보다.

전북 진안을 12시간 사이 왔다 갔다 했더니 축 처진 파김치가 따로 없다.

그래도 책임이기에 회사로 향하는 발걸음을 무겁게 내딛고 있었다.

외사촌 누이 일로 허겁지겁 다녀왔더니 마음의 정리가 되질 않고 뒤끝이 남아 기분을 흐린다.

쓴 입맛을 다시며 뽀드득 밟히는 잔설로 위로를 받는다.

일찌감치 손을 흔드는 낌새가 영 기분이 안 좋다.

그래도 어쩌랴 내 기분 탓이려니 하며 차를 세웠다.

"아저씨 화계사 입구요"

도착지 말하랴 전화 통화에 바쁜 여인네는 문도 제대로 못 닫고 더듬어 댄다.

"얼른 문 닫으세요. 뒤차 빵빵거립니다."

꽝 닫은 채 전화 목소리의 톤이 올라간다.

"아저씨 저기 서서 조금만 기다려주세요. 사람 태우고 갈게요"

도착지는 백 미터도 안 남았건만 대기하란다.

조금은 어이없지만 어쩔 수 없이 유리창 밖만 쳐다보는데

"아저씨 장사가 너무 안돼서 죽겠어요.

작년에 38세에 자살한 친구가 이해가 되네요.

저도 애를 키우며 사는데 너무 힘들어요.

신랑은 몸이 아픈데도 진통제 먹으면서 장사하고 있어요."

"네"

나는 짧은 말을 뱉었다.

"자식 때문에 죽을 수도 없고"

"그래요. 힘내세요. 열심히 살다 보면 잘 되겠죠.
세상에 어렵지 않은 사람 어디 있나요. 다 어렵지."

"맞아요. 남들은 쉽게 얘길 하지만 그래도 현실은 안 그래요"

"저도 똑같은 말만 드릴 수밖에 없는 현실이네요"

"아저씨 조금만 더 앞으로 가주세요"

"이쪽이야 빨리 타요"

"아저씨 직진하셔서 저 앞 횡단보도에 세워주세요"

두 내외는 마음도 취하고 몸도 취해 휘청거리며 내린다.

잠시 차를 세우고 외사촌 누이가 진안에서 겪고 있을 아픔이 스치
고 지나간다.

세상사 내 맘대로 되는 게 하나도 없는데 말이다.

굴렁쇠는 그래도 돌아야 했기에 움직이는데 뒤에서

"아저씨 안 가세요."

"어서 타세요. 못 봤습니다."

"아저씨 목동 사거리 갑니다."

아이코 멀리 가시는 분이네. 역시 기분전환은 돈인가 보다

장거리 손님이 타니 한결 기분이 가라앉았다.

"멀리 가시네요."

"가게 끝나고 한잔했어요."

"네 잘 하셨네요. 피곤하실 때는 한잔 술이 약이죠. 뭐"

"기분이 별로 안 좋아서 했어요. 친구가 왔는데 그 친구는 애가 셋
인데 투 잡을 해요.

낮에는 임대로 주류 배달차 운전하고 저녁에는 작은 가게를 운영하는데 낮에 사고가 나서 수리비가 들어가야 한다고 마음이 힘들다고 그래서 둘이서 한잔했어요."
"열심히 사는 친구네요"
"사는 게 빡빡하죠.
수리비도 아깝죠.
장사도 안 되고 그런데 사고가 났으니 마음이 심란하죠."
 열심히 사는 사람들에게는 어려운 일도 안 좋은 일도 자주 닥치는 것을 볼 때가 많다.
 악마의 심통인가 싶기도 하고 머피의 법칙은 힘든 사람만 찾아오는지.
무턱대고 견디어 내라고만 하는 격려의 말도 영혼 없는 위로의 말일 것 같아 말을 참았다.
"이 골목 들어가셔서 편의점 앞에 세워주세요"
"얼른 푹 쉬세요. 감사합니다."
이제는 내가 피곤하다.

사람 사는 게

웃는다고 다 웃음이 아니듯이
운다고 다 슬픔이 아니듯이
웃는다고 다 행복한 것은 아닌 거죠
눈물이 다 불행한 것은 아닌 거죠
아닌 것이 너무 많이 존재하는
원하지 않는 세상이지만 그 속에서 삽니다.

삶에는 행복과 불행이 둘 다 있어야
그래야 사람이 사는 거라고 한데요.

– 五常이정관

17. 삶은 교대의 연속

하루의 교대를 위해 힘차게 가고 있지만 조금 전만 해도 이불 속의 악전고투로 잠시 뒤척였더니 벌써 20분이 지나버렸다.

허둥대며 뛰쳐나가다 보니 빼먹은 게 있어 다시 돌아오기를 세 번. 삶의 교대 시작은 힘들다.

왼손 오른손 구분이 헷갈리니 늙기는 늙어가나 보다.

어둠이 짙어야 별빛이 밝다고 했던가?

찬바람에 유난히도 반짝이는 작은 별 하나 늘 그 자리에서 우리는 서로 눈인사를 나눈다.

작은 별, 너는 혼자 있기가 힘들겠구나.

너도 나처럼 교대하는 별이 있다면 좀 쉴 수도 있을 텐데 오늘은 왠지 안쓰러워 보인다.

오랜만에 교대 기사와 자판기 커피 한잔에 인사를 나눈다.

차에 타서는 늘 작은 목소리로 속삭인다.

자 시작이다. 안전 운전하자!

카톡 호출이 울리며 모 호텔이 모니터에 그려졌는데, 어라 맞은편이네.

새벽길 자연스럽게 불법 유턴을 자행하고 있는 나였다. 언젠가는 딱 걸려서 혼나는 날이 오리라.

올바르지 않은 짓은 누구 눈에 띈다는 걸 잘 아는 나였기에 잠시의 자책으로 합리화를 해본다.

"○○○○호텔이요."

"네"

손님이나 나나 둘 다 부스스한 얼굴로 하루의 시작 타인과의 첫 만남을 시작한다.

"호텔이라 일찍 출근하나 봐요"

"네"

"호텔에서 맡은 부서는요?"

"프런트입니다"

"호텔 경영학 공부했나 봐요"

"공부를 못했어요."

"공부는 세상에서 활용하라고 지식을 얻을 뿐이에요.
지식을 지혜롭게 적용하는 게 중요하죠."

"호텔도 교대 근무하지요"

"네"

"택시도 교대합니다.
하긴 우리나라 전체 직업 중에서 알고 보니까, 반 이상이 교대근무로 직장 생활을 하더라고요."

"경찰. 소방관. 병원 의사.
그리고 대형회사 근로자들이 그렇잖아요."

"기왕이면 하시는 일에 연관된 공부도 시간 허락되는 대로 더 해 보세요.
어차피 인생은 시험 기간 중이에요"

"아저씨 말도 맞네요."

"새벽부터 잔소리 들으셨네요. 죄송해라.
핑계 같지만 아들 같아서 했습니다. "

"아니에요. 틀린 말 아니신데요"

"이해를 하시는 걸 보니 사회생활에 익숙해졌나 봐요"
"그럼요. 벌써 5년 되었습니다"
"벌써 도사 다 되셨네."
"오늘도 기분 좋은 하루 시작하시고 아자!"
"아저씨 좋은 하루 보내세요."
"카드 여기 대세요. 영수증 필요하죠."
"네"
"바이"
내리기가 무섭게 분주한 발길은 인간의 감정을
용해하는 콘크리트와 유리 회전문 사이로 사라진다.

순번 외줄타기

세상에 나오는 것도 순번.
세상에 나와서도 순번이라
세상 두루두루 닿는 곳은
오직 순번뿐이었으니
상하좌우 순번으로 이어져
순번에 살다가 순번으로 가는구나.

- 五常이정관

 사회라는 전쟁터에 내 던져졌을 때 꿈꾸었던 이상은 내동댕이쳐진
유리 파편처럼 산산조각 나고 구습에 적응하기 바빠 영혼 없는 현

실이 되어버린 현실에 울부짖던 날들도 많았었다.

 우리 시절에는 그나마 정이란 것이 있어서 돌아 봐 주기도 했었지. 규격화된 요즘은 정이 메말라진 것 같아서 그런 면에서는 아쉬운 마음이 남는다.

 쉬지도 않고 변함없이 회전문을 돌고 도는 용해된 몸뚱이는 어떤 모형으로 굳어진 감정의 형태로 변했을까 싶다.

 마지 전자기기 판이 쉴 틈 없이 돌아가듯이 교대라는 이름으로 현장은 한 치의 오차도 없이 돌아간다.

사회가 동고동락이 아니라 교대 사회가 되어 서로 알 필요조차도 없는 시대로 내몰리고 있는 것은 아닐까 싶다.

사람 사는 세상.

사람이 사람답게 살아야 할 텐데 하는 굴렁쇠 마음이다.

18. 노년 시대에 택시도 늙어간다

겨울 공기는 차갑지만 상쾌하다. 손을 뻗으면 잡힐 것 같은 달님. 겨울의 밤하늘이 이렇게 깨끗하다는 걸 서울사람들은 알지 못 할 것 같다.

차가운 공기가 목을 타고 들어와서는 똘똘 뭉친 가슴을 확 풀어주기라도 하듯이 폐부로 넘어간다.

근무가 끝나셨는가?

서로를 확인하는 인사들을 건네며 노익장을 과시하려는 듯이 목소리가 커진다.

대다수의 기사분이 족히 나보다는 많은 연배이셨다.

그나마 동년배가 주류를 이루었지만 내 나이보다 아래의 기사들은 드물게 보이는 게 택시업계의 현실이라고 한다.

정신없는 출근길이 끝나고 한낮의 미지근한 햇살을 잠시 즐겼다.

"기사 양반 갈 거요?"

"네 타세요."

"서울대 병원 갑시다."

"아! 네 알겠습니다."

"검진 받으러 가세요?"

"아냐 약 타러 가요"

"젊은 기사 양반들 차를 타야지.

늙은 영감 차를 타면 늦게 가고 잔소리가 많아"

"무슨 말씀인지요?"

"영감탱이가 모는 택시를 타면 고집도 세고 하도 아는 척을 많이 해서 정신없어요."

속으로는 파안대소가 터졌다.

직설적 화법의 할머니는 택시 타는데 이력이 붙으신 게 분명하다.

"연세 드신 분들이 운전하시면 천천히 모시면서 안전하게 운전하잖아요."

"빨리 가려고 택시 타지! 어디 놀러 가나?
영감탱이들이 사고방식을 바꾸어야 하는데 아직도 70년대야!"

"어머님은 올해 연세가 어떻게 되시는데요?"

"나 80 다 돼가지 뭐!"

"젊어 보이시네요. 전 60이 되어 가는데 저랑 데이트하셔도 되겠어요. 하하"

"기사 양반은 젊어 보이네."

"늙은이들이 택시를 왜 하는지 모르겠어?
이제는 그만 집에서 놀지"

"기운 있을 때까지 하면 좋죠."

"다 오셨어요. 카드 여기다 대세요. 건강하세요."

"돈 많이 벌어요."

"네 감사합니다. 천천히 내리세요."

병원마다 차량 행렬이 꼬리를 물고 이어진다.

아픈 사람들이 이렇게도 많으니 건강한 것도 큰 복이다.

이야기가 잠시 틀어졌지만 차량을 운행하다 보면 앞차가 제 차선을 똑바로 타고 못 가는 현상을 자주 보는데 승용차든 택시든 옆에 서서 보면 나이가 드신 분들이다.

서울시 관계자의 말을 빌리면 80살이 넘어 운전하는 기사 분들도 제법 있다고 하면서 65세 이상이 노년 기사라는 것이 경찰청 통계인데 일반적으로는 70세 이상을 노년 기사라고 한다.

여러 가지 안전 면에서 운전 자격 유지 검사를 앞당겨서 자주 하려고 해도 반발이 심해서 시행하지 못한다고 한다.

심야 승차 거부의 큰 이유도 개인택시 차량의 30%가 노년이라는 이유이다.

야간 10시부터 새벽 3시까지 운행을 하지 않아서 택시가 부족하기 때문에 승차 거부가 더 심하다는 조사 결과가 있다.

때문에 강제 운행 의무를 시행하려 해도 개인택시단체와 노인협회 반발로 못 하고 있다고 한다.

노년이라도 택시 운전이란 직업을 더 해야 하는 가장 큰 이유가 생계 때문이라고 한다면 돈 내고 타는 승객들의 안전 보장도 고려해야 하는 것 아닌가 생각해 본다.

수고 한 만큼이 손에 쥐어지는 세상, 아마 머지않아 택시 운전사라는 직업도 사라지지 않을까 조심스레 생각도 해 본다.

오늘도 이렇게 함께 늙어가는 택시 운행을 마쳤다.

19. 내 인생은 내 것입니다만

벌써 12월이 중턱을 넘어가고 있다.

낮과 밤에 접하는 공기는 확연히 차이가 난다.

어제는 별들이 반짝이더니 오늘은 어디론가 꼭꼭 숨어버렸다.

갑자기 네온 불빛마저 냉랭해 보이는 새벽길이다.

우이천 길마저 깊은 잠에 빠져들었는가?

가벼이 질주하는 차량의 고함만 퍼져나간다.

을지로 6가 국립의료원에서 호출이다.

정문으로 들어가니 초췌한 중년 남자의 얼굴은 피곤한 기색이 가득
한 채 차에 탔다.

"망우리 금란 교회 뒤쪽이요"

"네 내비게이션대로 갈게요"

흥인지문을 벗어나려는데 버스 전용차선 공사 중이라 어지간히 빽
빽하게 차들이 줄을 섰다.

가벼운 한숨이 새어 나왔지만 어쩌랴!

"아저씨 우리 아버지가 암으로 6개월 밖에 못 사신다고 하네요."

느닷없는 손님의 말소리에 대꾸를 잊어버렸다.

"제가 42살인데 싱글입니다. 형제는 삼 형제인데 셋이 다 혼자 삽
니다."

마음이 심하게 요동이 치는지 말소리가 떨리며 나온다.

"후회되는 게 아버지께 남들처럼 손자를 안겨드리지 못해 죄송하더
라고요"

"그러네요. 현실적으로도 시간이 없네요. 그러면 여자 친구라도 있어요?"

"여자요? 마음이 내키지 않아서 사귀지 않아요."

"아니 난 여자 친구라도 있으면 지금이라도 서둘러 결혼이라도 하시면 어떤가 싶어서요."

잠시 둘 사이에 말이 뜸한 사이 신설동을 지나니 차량 통행이 원활해져서 부지런히 달렸다.

"사람은 제때에 맞춰 사는 게 정상인 거 같아요. 지금은 늦었지만 말입니다"

그는 창밖을 내다보며 가늠할 수 없는 회한에 젖은 모습이 역력했다.

"나는 담배 안 피우는데 문 열고 담배 한 대 태우세요."

"아저씨 그래도 돼요. 죄송해서"

"괜찮아요."

그러나 그는 결국 담배는 태우지 않았다.

아마도 부질없는 짓이라 생각했을지도 모른다.

"아무튼. 가시는 날까지 후회하지 않도록 하세요."

"그래도 부자 사이 6개월이란 시간이 주어졌잖아요."

그는 깊은숨을 내쉬고는

"네 아저씨 고맙습니다. "

"마음도 잡고 밥도 잘 먹고 하세요."

서로의 일면식도 없었지만 나에게 순수하게 털어놓은 42살 청년이라 해야겠죠.

잠시 애틋한 생각이 들었다.

가끔은 잊으며 산다

나는 나를 가끔은 잊고 싶다
때문이라는 핑계로 잊으려 했는지 모르고
아니면 진짜 잊고 사는지도 모른다.

공허한 철학이 생각에 잠긴다

내 인생이라고 우기고 살아왔지만
정작 내 인생은 방임 자가 된 나를 본다.
공간을 배회하는 생각이
잠시 나를 바라본다.

- 五常이정관

 시 한 수로 공허한 생각에 허우적대는 날 깨워 본다.
겪어야만 깨닫는 인간.
동물이나 식물처럼 본능적이지 못할까하는 생각에 조물주에게 섭섭
함을 느낀다.
불완전한 인간.
막다른 곳에 가서야 길이 막혔음을 알고 지나고 나서야 잘 잘못을
아는 인간은 역시 어리석은 동물에 불과하다는 생각을 종종 한다.
요즘은 다들 내 인생은 내 것이라 하지만 평범한 인생살이가 가장
어려운 것이 아닐까 싶다.
각자에게 주어진 무게와 능력보다 다르게 살다 보니 힘든 것이 아

닐까 생각해 본다.

오늘은 나 자신을 굽어보는 굴렁쇠의 단상이었다.

20. 담배 한 개비

들쑥날쑥 골목길을 쏘다니다 부서진 낙엽 조각들을 끌어안고 횡하니 불어오는 바람에 눈물이 핑 돈다.

영하 10도 아래로 내려간 수은주는 길을 잃었는지 내비게이션을 달아주어야 할 것 같다.

앞선 검은 그림자가 하얀 김을 내뿜는다.

담배의 메케한 냄새가 코끝을 스치며 짜증을 부른다.

잠시 가던 걸음 멈추고 숫자를 하나둘 세어본다.

멀리 떨어져 섰는데도 바람 타고 날아와 안기는 담배 냄새에 격한 소리가 나올 뻔했다.

검은 그림자는 느릿한 걸음으로 입에서는 연신 담배 연기를 뿜어낸다.

겨울의 한적한 도로는 휭하다.

염화칼슘을 뿌려 놓아 도로는 광택이 나며 미끄럽다.

앞차의 운전석 창문 틈새로 하얀 연기가 피어오르고 내뱉는 가래침이 인상을 찌푸리게 만든다.

손에 매달린 담배꽁초를 비비 꼬아서 속내를 떨어내더니 창밖으로 휙 내던진다.

차 안에 분명히 재떨이가 설치되어 있을 텐데, 진짜 양심 없는 흡연자들이다.

담배를 급히 태우면서 손을 드는 손님.

그냥 지나치려다 태웠더니 아니나 다를까.

담배 냄새가 차 안을 가득 채운다.

"어디로 모실까요?"

"종로 3가요"

대답하는 입안에서 악취가 새어 나온다. 말 한마디 안 하고 부지런히 움직였다.

내리자마자 문을 활짝 열고 달리면서 환기를 했더니 겨우 숨을 쉴 수 있었다.

흡연자의 몸 자체에서도 담뱃진 냄새가 코를 찌른다.

하루에 평균 손님 다섯 분 정도는 담배를 피우다 택시를 타시는데 그럴 때마다 고역을 치른다.

가끔은 이런 손님도 계셨다.

"아저씨는 담배 안 피우시나 봐요. 냄새가 안 나서 좋아요"

"네 안 피웁니다."

"대다수 택시가 담배 냄새로 찌들어서 그게 고역입니다"

여성 손님들 하소연을 몇 번 들었지만, 택시 안에서의 흡연은 삼갔으면 좋겠다.

진짜 차량 운행법에도 규정되어 있는데 담배를 태운다.

나 자신도 금연 한지 십 년이 넘었지만 담배 피우는 것을 그렇게까지 반대하진 않았다.

그러나 택시를 하면서 겪어보니 흡연이 좋지 않다는 걸 더 느끼게 되었다.

특히 을지로 입구 ○○백화점 앞 귀퉁이에 설치한 흡연지역에는 거의 소방차를 불러도 될 지경이다.

빌딩 숲 사이 볼이 시뻘겋게 되어 덜덜 떨면서도 흡연 모습을 종종 본다.

내 생각에 흡연은 한숨이다.

속내의 답답함을 내뱉는 한숨 소리라고 말하고 싶다.
잠깐 스트레스를 해소할 수도 있다.

한 모금 담배 연기

너의 향기는 유혹적이며
다가오는 날 거부도 안 한다.

가냘픈 너는 가슴을 파고들어
뇌쇄적 춤사위로 나를 흔든다.

하얀 연기로 속내는 화하고
비워진 심장은 오열하고 있다.

제 몸을 태우고서야 흩어지는 넌
검은 옷에 하얀 날개를 단 천사였다.

- 五常이정관

 몸에서도 담배에 찌든 냄새는 사라지지 않고 껌 딱지처럼 붙어 이
동하는 곳을 따라 다른 사람에게도 간접흡연의 피해를 주는 것이
다.
내가 금연을 하고 나서는 아내에게 대우를 받는데,

첫째 세탁기 빨래의 수고를 덜어 줬다는 것이다.

같이 빨면 다른 옷까지 냄새가 밴다고 한다.

둘째 몸에서 냄새가 안 나서 같이 다니기가 좋단다.

셋째 호주머니 정리를 안 해서 좋단다. 늘 담뱃가루가 가득했었다고 한다.

아들 내외가 손자를 마음대로 안아도 좋다고 한다.

손자들 또한 자주 안겨서 좋다.

사돈 분도 담배를 태우지 않아서 너무 좋았다.

이런 것들 모두가 가족들을 위한 배려라 할 수 있다.

여성들 흡연율이 높아지고 있다는데 어느 전문지에서 특히 여성의 흡연은 건강에 더 안 좋다고 한다.

이유는 체내가 담배에 대한 적응력이 남성에 비해 현저히 낮고 특히 임신 후 아기에게로 이어져 후천성으로 질병과도 연결된다는 연구 결과를 본 적이 있다.

즉 유전의 효과로 이어진다는 것이다.

자신의 청결한 신체 관리와 가족들 건강을 위해서라도 금연을 시작해 보시는 게 어떨까 생각하는 흡연자들에 대한 굴렁쇠의 단상이다.

21. 찾아온 다민족 사람들

하루 반짝 따뜻하다 싶더니 먹구름이 별들을 삼켜 버렸다.

사는 곳이 주택가인지라 제법 내린 눈이 발길을 더듬거리게 했지만 군데군데 녹은 눈길을 따라 걷는 새벽길은 어릴 적 눈 많이 내렸을 때를 기억하게 한다.

큰길에 나서자 이제는 고인 물을 피해 걸어야 했다.

눈이 올 때는 좋은데 영 뒤끝은 찝찝하다.

밤에는 세차를 할 수가 없어서 애마가 너절한 모습으로 나를 반긴다.

나름은 깔끔한 성격 탓이라 바로 물을 떠서 대충 세수를 시켰더니 손이 얼얼하다.

따끈한 자판기 커피 한잔에 손을 녹여본다.

한 시간째 빙글빙글 먹이를 찾아서 어슬렁대는 길고양이처럼 주위만 살피고 다니다 적당한 곳에 정차하고는 핸드폰만 만지작거리고 있었다.

유리창을 톡톡 두드리는 인기척에 창문을 여니

"아저씨 인천 검단 갑니까?" 말투도 어눌한 외국인이었다.

"오케이 어서 오세요"

"인천 검단 ○○○입니다"

"내비게이션 찍고 갈게요"

좀 이른 시간이라 솔직히 말하면 외국인이라 불안했다.

무슨 일이 생기면 어쩌지 싶은 쓸데없는 걱정이 앞섰다.

"어느 나라에서 왔어요?"

"베트남입니다"

"한국말 잘하네요."

"한국말 못하면 일도 못 하고 어디 다니지도 못해요"

"한국 온 지 얼마나 되었어요?"

잠시 대꾸가 없어서 봤더니 갸우뚱 머리를 흔든다.

"한국 언제 왔어요?"

"네 2년이요"

"친구 만나고 들어가요?"

"네"

"회사에서는 잘해줘요?"

"네"

"일 힘들지 않아요?"

"괜찮아요."

"한국 사람들하고 같이 일해요?"

"아니요. 한국 사람들 하루도 못 견디고 가요"

"숙식 제공 다 해주고 얼마나 벌어요."

"야간까지 해서 300만원 벌어요."

"아저씨보다 많이 버네요. 최고네요"

"베트남에 보내요."

"베트남에 집도 샀어요?"

"네 아빠 병원비요"

"아저씨 저 골목이요"

"35840원 나왔네. 카드? 현금?"

"현금이요. 여기 있어요."

"아프지 말고 다치지 말고 돈 많이 벌어요."

"네 감사합니다."

"고마워요"

그가 들어가는 모습을 물끄러미 바라보다 차를 돌렸다.

우리의 윗세대들도 사우디. 독일. 월남 파병 등 돈을 벌기 위해 나가야만 했던 시절이 불과 4~50년 전에 있었고 나라의 기반이 된 것도 사실이었다.

그들도 잘 알지 못했던 대한민국에서 돈을 벌수 밖에 없는 현실을 우리도 이해는 해야 한다.

낯선 타향 땅에서

한 줄기 희망 찾아 디딘 낯선 땅
젖은 눈망울 알아주는 이 없고
고개 꺾어 보아도 낯선 이국땅
애끊게 이별한 처자식 눈에 선해도
움직여만 하는 일과에 고향은 잊어야만 했다.

코끝에 묻힌 회색의 타액들
여린 가슴에 뿌얀 잿가루는 쌓이고
귓가를 파고들던 서투른 고성
속내의는 땀으로 젖어 들 때마다
낯선 음식을 눈물로 말아먹는다.

그래도 남녘 하늘 드리운 구름에
환히 웃는 처자식 그려 넣고

소식 한 자 실어 띄우면서
차가운 도시의 벽에 몸을 숨기고
낯선 타향 땅에서 웃어 본다.

- 五常이정관

　답답한 현실을 뭐라고 뱉어야 할지를 모르겠지만 나의 단상으로는
대단한 의지로 버티고 있다는 사실이다.

국력이 약한 나라에서 온 이들은 한국어를 꼭 해야만 한다고 한다
는데 그 이유는 살기 위해서이고 돈을 아끼기 위해 말을 배울 수밖
에 없다고 했다.

우리도 그 옛날, 찢어지게 가난하고 궁색했을 때 괜히 위축되지 않
았던가?

시골에서 올라와서 자리 잡고 하는 말이 이제는 서울이 제2의 고향
이지 했던 말이 생각난다.

서울 인구 중 28만 명이 외국인이라는 조사가 반영하듯, 이제는 우
리의 시선과 생각을 바꾸어야 한다는 사실이다.

　혹여 주위에 다문화 가족이 있다면 홀대하지 마시고 정감 있고 따
뜻하게 대해줬으면 하는 생각을 해보는 굴렁쇠의 단상이다.

22. 인간만사 새옹지마

12월 중순을 기웃거리는 조각달은 외로웠는지 안간힘을 다해 구름을 비껴가며 애교 묻힌 노란 윙크하며 아는 척 하니 싸맨 손 풀어 가볍게 손짓 한 번 해준다.

작년보다 42일이나 빨리 한강이 얼어붙었다고 한다.

춥기는 진짜 추운 것 같다.

심술 반. 시기 반 새벽바람은 콧등을 스치며 모르는 척 나를 윽박지른다.

바람아 널 안기에는 네가 너무 차가워 미안해.

번잡한 출근 시간이 끝나고서 할머니 한 분 모시고 조금 복잡한 골목길을 들어 왔더니 주차 차량이 왜 그리도 많은지 겨우 돌려서 빠져 나올 수 있었다.

갈수록 골목마다 아파트마다 주차 전쟁이다.

골목 귀퉁이 지긋하신 여성분이 차를 세우신다.

"기사 아저씨 뉴타운 장례식장 갑시다."

"네 누가 돌아가셨나 봐요. 출발합니다."

"사람이 적당히 살다 죽어야 해"

뜬금없는 아주머니 말소리에

"병으로 오래 고생하셨나 봐요"

"한 20년 됐지 칠십이 안 되어서 아팠으니까"

"가족들이 고생 많으셨겠네요."

"너무 좋은 보약 많이 먹으면 죽을 때 쉽게 안 죽고 살았다 죽었다

한다면서요."

"아휴 그렇지도 않아요. 아는 사람은 엄청 잘 먹었는데도 사흘 만에 편하게 죽었어요. 아저씨 사람 나름이지요."

"아 그렇구나! 저는 잘 죽으려고 안 먹었는데 잘 먹어도 되겠네요."

"나이가 한참 젊은데 못 하는 소리가 없네."

"죄송해요. 여사님. 하하"

"나야 며느리하고 잘 알아서 문상 가는 거고 때 되면 바로 죽었으면. 좋겠어."

"하하 시계가 태엽이 다 풀리면 자동으로 멈추듯이 말이에요"

"그래야 죽는 사람도 산 사람도 편하지. 하소연도 못 하고 며느리가 생고생했지.

너무 오래 살면 못써. 일찍 죽어야지 진짜 못 할 짓이야."

"맞아요. 긴병에 효자 없다고 하잖아요."

"옛날 양반들 말이 딱 맞아요."

"다 오셨어요. 그러시니까 건강하세요. 조심해서 내리세요."

"기사 양반도 건강하시고"

채 말도 못 끝내시고 문을 닫으신다.

사람 사는 게 내 맘대로 내 뜻대로 된다면야 어쩌면 욕심도 내려놓지 않을까 싶기도 하다.

하지만 살면서 겪은 인간의 속성은 알아서 살 만큼 사는데 더 가지면 어떻고 덜 가지면 어떤가 하겠지만 아마도 또 다른 부작용을 만들지나 않을까 싶기도 하다.

욕심이란 것도 부지런해야 한다면 게으른 사람은 욕심도 못 부리는 것을 종종 본다.

살고 죽는 것도 욕심으로 안 되고 세상사 욕심으로 되는 것이 몇 개나 있을 것 같은가? 나도 젊은 시절 호기롭게 욕심도 부려봤다.

욕심의 전부는 말 그대로 욕심일 뿐이라는 것을 깨달았을 때는 이미 늦었었다.

그러나 욕심이 전혀 없어서는 이룰 것이 하나도 없다. 그저 적당히라는 뒷말 만 남는다.

어머니 배 속에 형님은 없다고 세상 밖 구경 순서는 이치에 맞게 태어나는 것이고 세상을 떠날 때는 순서가 없다는 게 정답이다.

원칙이 그래서 있는 것이 아닐까?

부모님 전

눈물이 터졌지 지치고 지친
어미는 그래도 환하게 반기시네

따뜻했던 품에 오장 육부는
시린 쓴맛에 주름살 겹치셨네

애잔한 눈빛은 태양보다 뜨거웠고
달빛보다 따뜻하셨었지

한숨을 삼키고 질긴 눈물은 맺히고
꼭 잡은 손은 풀릴 줄 모르네

- 五常이정관

인간만사 새옹지마라고 바로 한 치 앞도 모르면서 사람 살아가는 일이라는 것을 주위에서 자주 본다.

세상에 발을 디디고 섰으니 허무한 삶을 사는 것보다 누구에게도 손가락질 받지 않고 하고 싶은 거 하며 사는 것도 좋을 것 같다.

육십을 바라보는 나이를 먹고 나서야 알게 되었으니 내가 살아 숨 쉬는 그날까지 이런 생각을 실천하면서 살아갈 거다.

있을 때 잘하자. 후회하지 말고 말이다.

오늘 하루 새삼 더 다짐하며 심기일전해본다.

23. 남구로역의 하루 벌이 발길들

올해는 눈이 자주 올 모양인가 보다.

눈이 내려야 겨울이 실감 나고 소복소복 쌓인 눈이 정겹기도 하겠지 서울 살이 하는 나로서는 손이 가니까 가끔은 짜증도 난다.

아침이 기다려지는 건 밝은 햇살이 하얀 세상을 비춰 주기를 기대하면서 그렇게 하루의 시작을 알려주니까 말이다.

허름한 옷차림에 묵직해 보이는 가방 하나 다부지게 꿰차고 서 있는 손님을 태웠다.

"남구로역 옆에 구로시장 우리은행 갑시다. "

그곳은 건설 인력 시장이 새벽마다 열리는 곳인데 현장에 일을 나가려 하나보다.

"일 나가시는가 봐요"

"거기 모여서 차로 같이 가요"

"지방 가세요."

"개포동 가요.

집으로 태우러 오는 차가 있었는데 그 기사가 암에 걸려서 치료하려 입원한대요.

그래서 아침마다 귀찮아 죽겠어요."

병치레로 세상 일선에서 물러나는 사람들의 이야기를 참 많이 듣는다.

"아저씨는 무슨 기술로 돈 벌러 다니세요."

"으응 콘크리트 치고 난 후에 해체해요"

"철거하시는 거예요?"

되묻는 내가 답답했는지 손님은 침을 한 번 삼키더니 "콘크리트하고 나서 뜯어내는 거예요"

그 대답에 오히려 내가 더 답답했다.

콘크리트를 하기 위해 설치했던 지지대를 일부만 남기고 들어내는 일인 것이다.

예전에 우리 집 지을 때 봤던 건축 순서의 일부분이다.

이제 거의 왔는가보다 차선 길가 양쪽으로 일꾼들을 태우고 현장으로 갈 스타렉스 차량들이 꼬리를 물고 쭉 서 있다.

작업복 차림의 사람들이 북적이고 경찰 순찰차는 매일 나와서 차량 흐름이나 사고에 대비해서 통제하고 있다고 한다.

손님에게 더 들은 이야기는 많은 사람 중에도 일 나가시는 분은 반도 안 된다고 한다.

남구로역 부근은 인력회사에서 선택해서 보내는 사람들이 모이는 장소란다.

좀 떨어진 곳에 있는 차들은 이미 정해져 있는 일꾼을 태우고 갈 차들이라고 한다.

찬밥 더운밥

어느 누군가가
눈물 젖은 빵을 먹어 보았는가
하고 물어봤었는데

대꾸를 못 했지

인제야 겪을 만큼 겪어보니
망설임도 없어졌네.

먹어는 봤을까
땡땡 얼은 찬밥 신세 되어봤니
넌 눈칫밥 먹어봤니

입술 꽉 물었고
부서지고 깨어지고 없어져도
악착같이 살아왔지

찬밥 더운밥에
눈물깨나 말아서 먹고는 했지
그래서 이젠 행복하잖아.

- 五常이정관

 여기서도 더운밥 찬밥 신세가 존재한다니 긴 한숨이 나왔지만 찬
밥 신세도 자신이 만들었으니 어디를 가도 제 몫을 못 하는 사람은
꼭 있나 보다.
남들에게 인정받기란 굉장히 어렵다는 것도 다시 알게 되는 기회가
되었다.
자신을 어떻게 관리했는가에 따라 그 사람은 그만한 대가를 받는다
는 원칙적인 사실도 다시 확인하는 날이 되었다.
 기대하는 만큼 경제가 살아나서 활기찬 사회가 된다면 더 바랄 것

이 없을 것 같은 나만의 단상이었다.

24. 캐럴의 계절인데 저작권료?

 한바탕 겨울비 온 뒤에 불어온 바람은 차갑지만 막혔던 혈관이 뚫리는 것 같이 시원하게 가슴을 훑는다.
어제 내린 제법 많은 비로 쌓였던 눈과 염화칼슘의 지저분한 동거가 끝나고 보도블록 위가 말끔해졌다.
폐부에 깊숙이 들이마신 새벽공기는 머리끝 혈관까지 뚫려 눈동자가 커졌다.
올려본 새벽하늘에 오랜만에 들어오는 작은 별에 반짝거림이 반갑다.
메리 크리스마스 아기 예수 탄생을 축하하려 길 위도 하늘도 내 마음도 겨울비로 씻어 주셨나 보다.
옷깃을 여미게는 했지만 말이다.
조용히 가라앉은 성탄절을 걸어간다.
몇 해 전부터 갑작스레 조용해진 거리는 연말연시의 흥청거림은 물론 돈 씀씀이도 푹 줄었다.
사방팔방 기웃거려도 징글벨은커녕 흔한 음악 소리도 잠잠한 성탄절이다.
캐럴은 이따금 라디오에서만 들려올 뿐이다.
"연말이라 바쁘시죠. 성탄 연휴에 푹 쉬세요. 하하"
"요즘은 캐럴을 듣질 못해요."
"네. 그 이유가 가라앉은 경제도 문제지만 어쩌면 음악 저작권 때문에 그럴 거예요"

"아! 그래요. 그래서 들리지 않는 거군요. 썰렁해요"
여성 손님은 스마트폰 보며 대답을 하는지 의미 없는 대답만 하고
있었다.
내일부터 토. 일. 월. 삼 일간 성탄 연휴가 시작된다.
춘천에 사는 손자들 보고 싶은 마음이 밀려왔다.

흰 눈 사이로 썰매를 타고
달리는 기분 상쾌 도하다
종이 울려서 장단 맞추니
흥겨워서 소리 높여 노래 부르자
종소리 울려라 종소리 울려
우리 썰매 빨리 달려 종소리 울려라
종소리 울려라 종소리 울려
기쁜 노래 부르면서 빨리 달리자

짧게 한 번 콧노래로 불러 봤다.
적당한 흥청거림은 활력소일 수도 있는데.
현행법상 약 900평 이상의 백화점과 대형마트와 호텔에 적용되며
일반 상점이나 카페는 아예 적용 대상도 아니다
음악저작권에 따른 캐럴 저작권은 전체 면적이
약 900평 이상 1500평 미만은 8만 원 정도고
약 1500평부터 3000평 미만은 15만 원 정도이고
그 이상은 30만 원 정도라고 한다.
다만 2018년 8월23일부터 개정되는 저작권법이 시행되면 음악의
중요성이 높은 상점 즉 카페 헬스 호프집 등은 평수에 따라 차등
부과한다고 한다.

전통시장과 15평 이하 상점은 징수 대상에서 제외된다.

캐럴을 틀 때 신경 써야 할 점은 주거 지역일 경우 생활 소음 규제법을 조심해야 한다.

소음이 주간 45dB 야간 40dB

또는 확성기 설치 시 주간 65dB 야간 60dB

거주 지역에서 기준이 넘는 소음은 300만 원 이하의 과태료를 내야 한다.

앞으로는 저작권법이 더 활성화될 것으로 본다.

어찌 보면 삭막한 기분도 들지만.

개인의 능력도 인정하는 제도이다 보니 달리 다툴 말이 없는 게 현실이다.

그래도 연말연시에는 왁자지껄하면서 보낸다면 묵었던 감정을 풀어버리기가 쉬울 텐데 싶다.

한 해의 마감을 환한 웃음의 즐거움으로 말이다.

연말연시 가족과 함께 행복 가득하세요.

즐거운 성탄절 보내세요.

25. 엄포 딸 마포 남

올해는 무지하게 추운 거 같다.

새벽길 다니기가 여간 만만치가 않다.

어릴 적 했었던 귀마개도 하고 장갑에 마스크까지 그래도 아직은 빨간 내복은 안 입었다.

종종 달음질하는 사람들은 솜으로 둘둘 말고 간다.

추위에 오그라든 달빛은 썰렁하기만 한데 찬바람에 목젖은 울컥거리며 잔기침이 나온다.

감기 기운이 있는 것 같아 약을 먹고 잤는데도 컨디션이 빨강 불이다.

나이는 나이 숫자대로 달려간다더니 17년의 끝이 보일락 말락 언저리까지 왔다.

교대 자가 학교 종이 땡땡이를 쳤나 나오질 않았다.

차 안이 추워서 냉장고가 따로 없다.

요즘 날씨는 냉장고가 더 따뜻하겠다.

택시 운전을 하다 보니 이제는 가자미눈이 되어가는 날 보며 피식 웃어 주며 달래준다.

"어서 오세요"

"아저씨 ○○시장이요"

야호 장거리 손님이시다.

"늦으셨네요. 부지런히 가겠습니다."

"네"

"너무 늦어서 일 끝나고 가세요."

"아니요. 친구들이랑 놀다 보니 늦었어요."

"엄마가 걱정하시겠네요."

"엄포 딸이에요"

"네?"

"엄마가 포기한 딸이요"

"에이 그런 말 말아요. 엄마는 아마 발걸음 소리까지 듣고 계실 거예요.

안 주무시고 걱정하면서요."

"알아요. 놀다 보면 늦으니까 엄마가 잔소리도 포기했어요."

"아저씨도 한때는 마포 남이었어요."

"무슨 말인지"

"마누라가 포기한 남편이라는 말이죠."

하하 호호 우리는 한동안 깔깔대며 웃었다.

"사람은 그것도 가족이 가족을 포기하는 건 절대 없어요.

단지 짐짓 모른 척뿐 제자리로 돌아오길 기다리죠."

"그럴까요?"

"그럼요. 내가 겪어 봤으니까 알죠."

"엄마랑 얘기 많이 해요. 대화 안 된다고 미리 생각 말고

내 생각이 틀리듯이 엄마 생각도 틀릴 수도 있잖아요."

잠시 숨을 몰아쉰 후에

"화를 내고 울면서 얘기하면 소통이 안 되죠.

당당하게 내 뜻을 이야기하고 엄마 이야기도 듣고 해 보세요"

"맞네요.

내 고집대로 한 것도 엄마가 답답하다고 말도 안 한 것도 있네요."

"이렇게 다정하고 생각도 깊은 숙녀분인데 하하.

요즘 젊은 사람답게 내 의견을 일목요연하게 말씀드려서 이해할
수 있도록 설명하고 부모님 말씀도 들어봐서 좋고 나쁨을 차분하게
설명해서 설득하세요.

화부터 내지 말고 삐치지도 말고 말입니다 "

"네 감사합니다."

"거의 다 왔네요.

아저씨가 기차 화통 삶아 먹은 목소리예요.

화난 거 아니죠. 잔소리가 길어서 하하"

"재밌게 왔습니다."

"들어가셔서 푹 쉬세요."

이렇게 열변을 토하며 운전을 했더니 목이 칼칼하다.

내가 뭐 하는 짓인지 나도 모르게 헛웃음이 새어 나왔다

가족이라는 울타리가 서로를 넘기 힘들 때가 많다.

엄마 품을 벗어나려 발버둥 치는 강아지를 어미 개는 앞발로 지그
시 누르고 있는 것을 볼 때가 있는데 인간도 역시 동물은 동물인가
보다.

성숙하지 않았다고 부모가 보는 자식과 자식은 다 할 수 있다는 의
견의 출동이 일어난다.

관점이 다르다 보니 의견 충돌이 일어날 수 있다.

가족. 그리고

세상 구경에 빼앗긴 가족 손잡았다가 놓치고
마음마저 앗아갈까 두려운 염려는 더 하고

혹여나 하는 귓가에 맴도는 발걸음 소리는 없고
뚫어지라 바라본 핸드폰은 잠이 들었는지 잠잠하네.

시뻘건 용트림을 심장에 가두고 눈을 감아본 들
다시 뜬 눈에는 자식 걱정에 눈물 마를 사이 없고
지아비 늦은 귀가에 애간장만 타다 보니
친구는 네모난 바보상자뿐. 바라보다 바보가 되었네.

- 五常이정관

 가족들 사이에도 나름의 원칙이 세워 서로 지킬 수 있어야 한다.
상충한 이해관계의 폭을 좁혀 소통하지 않을까 생각도 해보지만
가족이란 혈연관계이고 식구들이란 밥상에서 같이 밥을 먹는 사람
을 가르친다.
혼자 사는 시대가 온다고는 하지만
얼굴 부딪히고 한 밥상같이 먹는 게 최고가 아닌가 하는 굴렁쇠의
하루 단상이었다.
연말연시 가족과 함께 즐겨보시면 어떨까요.
시간을 할애해서 서로의 손도 잡아보면 좋을 듯하다.
그래서 사랑하고 그리고 행복하자.

26. 새해 복 많이 받으세요

짧은 시간에 한 살 먹었다. 눈을 못 감고 있었더니 무지하게 피곤하다.

출근해야지 그래도 나와의 약속 아니었는가.

붙잡고 늘어지는 이불을 끌어안고 뒹굴다 미련 없이 걷어찼다. 다시 당긴다.

새벽의 연인 이불은 스토커가 확실하다.

적당하게 밀고 당기는 것을 즐기는 고수다.

확인시키며 일찍 자라 잔소리에 손을 놓는다.

2018년 1월 1일은 새벽녘부터 이불과 밀고 당기기를 하다 KO로 졌다.

찬바람이 바짓가랑이를 파고들어 은근히 춥다.

새벽길 젊은이들 발걸음도 바쁜 것 같다.

헌 해가 가고 새해가 왔다.

굴렁쇠를 사랑하시는 독자에게 꾸벅 머리 숙여 새해 인사드립니다.

새해 복 많이 받으세요.

조금씩 이력이 붙은 택시기사라는 직업이 생각 외로 힘들지만 나이 60이란 행보에는 적절한 것 같기도 하다.

연말이라고 크고 작은 행사 모임에 시인이라는 포장지로 싸매서 인사를 다녔다.

오고 가는 인사는 새해 복 많이 받으세요.

당연한 인사치레로서는 압권의 문장이었다.

연말연시 짧은 2박 3일 사이에 들었던 인사말은 새해 대표적인 인사말로 "새해 복 많이 받으세요." 이다.

이번 연말에 내가 살아오는 동안에 최고 기록으로 백여 번은 받은 것 같다.

물론 나로서도 응답을 백여 번을 했을 것이다.

가장 듣기 좋은 새해 인사말은,

"아저씨 로또 복권 2등 되세요."

"1등 해야죠."

"아저씨 지금 행복하시죠."

"네 지금 제일 행복하죠."

"1등 된 사람 보세요. 모두 망했잖아요."

"참 그러네요."

참 정이 많은 대한민국 사람들이다.

정겨운 새해 복 많이 받으세요.

인사에 기분마저 좋아져 흥겹게 핸들을 잡았다.

"아저씨 고맙습니다. 새해 복 많이 받으세요."

"기사 양반 새해 복 많이 받으셔"

"아이고 고마워요. 새해 복 많이 받으시고 돈 많이 버세요."

"새해 복 많이 받으세요."

"2018년 복 많이 받아 터지면 어쩌죠.

택시 좀 많이 타세요.

나누어 드릴게요."

정치도 경제도 취업도 사업도 결혼도 인생도 모두가 끙끙거리지만 결국은 멋지게 이겨내고 견뎌내는 대한민국 국민들이 대단하다.

우리는 살아가면서 여러 가지 관심거리에 의미 부여하며 다시 힘을 얻기도 한다.

일출을 보고 덕담을 나누며 가족끼리 지인들끼리 마음의 흉금을 털기도 하고 작은 인연이라도 소중히 여기고 남의 아픔에 눈물도 흘려주고 남의 기쁨이 환호성이었던 대한민국 사람들이었는데 말이다.

언제부터인가 벽이 세워지고 장막이 쳐져서 서로를 볼 수 없는 지경이 되었고 이유는 알려고 하지도 않고 적대감만 곤추세워졌다.

서로가 위로가 되고 반려가 되는 세상이 이젠 꿈꾸는 세상이 되었다는 사실에 어이가 없다.

그렇게 뻔히 알면서도 우리는 삶이란 굴레에서 매년 반복 아니 매일 반복하는지도 모른다.

올해도 서로를 모른 척하며 바쁜 발길을 재촉하며 그저 무사안일만 바라고 있는지도 모른다.

아마 나 자신도 지금은 아니라고 극구 부인도 해보겠지만 얼마 못 가서 그렇게 살아갈 것이다.

탓할 것도 아니지 않은가?

세워진 목적의 달성을 위해 형이상학적이든지 형이하학적이든지 자유의지로 세상을 살아간들 그 누가 무어라 할 건가?

단지 누구에게도 자의든 타의든 피해는 주지도 받지도 말아야 요즘 시대에 제대로 된 자유인이 아닐까 싶다는 생각이 드는 굴렁쇠의 하루 단상이다.

새해 연휴의 끝이고 내일부터는 일상으로 돌아간다.

글을 좋아하고 자유를 좋아하고 사랑하는 임이여 이해가 앞서서 배려와 용서와 사랑이 가득한 2018년 새해 복 많이 받으세요.

환승역

50호 열차가
7량의 객차와 3량의 빈 객차를
산다는 삼매경에서 건진
희로애락으로 속을 채우면서
돌아볼 틈 없이 달려와서는
힘겹게 환승역 플랫폼으로 들어선다.

60호 열차는
1량의 속내를 텅텅 비우더니
50호 10량을 넘겨받으려
덩그러니 짐짓 모르는 척
드러난 다색 세상 속살을 보며
곧 떠날 환승역 플랫폼에 서 있네.

– 五常이정관

27. 셀카 마법의 현실

 일그러진 달빛은 출근길 종종걸음 발길을 맞추며 부지런히 앞
서간다.
1월 5일 이렇게 또 하루가 주어졌다.
감사하다.
알았는지도 알 수도 없었던 미래의 하루가 주어진 것이다.
목에 흠하고 하루의 시작을 마셔본다.
오늘도 나답게 살아보자. 주어진 것이니까 다리에 힘도 주어보자.
걷는 내 발길마저도 새로우니까 이제 나를 위한 나를 위해 시작
이다.
반복된 숫자에 새로움을 더하고자 인간의 약삭빠름은 새해라는 용
어를 즐겨 쓴다.
숫자라는 개념에 잡혀 부지런히 움직여야 하니 누가 머리를 썼는지
진짜 최고의 단어로 포장을 했다.
택시는 사회의 모든 영역과 이어져 있다는 것을 다시 확신하는 이
유는 경제의 흐름이 좋고 나쁨도 포함되지만 대학생이 겨울 방학이
라고 학교 가는 손님이 끊어지고 연휴와 주말은 젊은이들이 많이
이용한다.
월요일은 연세 드신 분들이 병원 진료 때문에 많이 움직이신다.
낮에는 아기엄마들이 주로 움직인다.
특히나 손님 대다수가 여성이라는 사실이다.
"아저씨 ○○○이요"

목적지를 이야기하고는 룸미러에서 사라진다.

그리고 뒷좌석에는 환한 불빛만이 자리 잡더니 찰칵찰칵 또 찰칵찰칵 셀프카메라 작동 중이다.

자신이 감독이 되어 여러 표정을 지으며 연신 찰칵찰칵 웃음이 새어 나온다.

한 번쯤은 여러분도 다 해 보셨으리라.

확인까지 하는 진지한 모습을 보며 여러 생각이 오가고 있었다.

핸드폰이 카메라 노릇까지 하니 참 좋은 세상이다.

셀프카메라 손님은 대략 대여섯 명 정도인데 젊은 여성들은 화장 후에도 찍고 젊은 남성들은 인증 사진 셀프카메라 작동이 많다

"택시 안이야."

"집에 가는 중이라니까"

"봐봐"

여러 가지 용도로 다양하게 쓰인다.

더 잘 찍기 위해 셀프 렌즈라는 제품도 있어.

실제보다 시야를 더 확장해서 찍을 수 있다고 한다.

자신을 나타내기 위해서인가?

서로에 대하여 불신도 깔린 건가?

아니지 어쩌면 서로를 믿지 못하기 때문인가?

그래 자신에 대한 불신 때문일 수도 있겠다.

세상의 이중성이 보이고 양면이 보이기도 한다.

 자신의 존재가치를 알릴 수도 있고 위안도 받으며 자신의 겉모습에 치중하는 요즘 셀 카 마력에 의존하는 시대이기도 하다.

연락을 위해 존재하는 핸드폰은 여러 가지 기능을 탑재하여 이제는 감시용, 알리바이용으로 다양한 용도로 쓰이는 스마트폰 시대이기도 하다.

나도 가끔 셀 카를 즐기곤 하는데 실력은 영 아니다.
맘에 들지 않아 포기할 때가 많지만 셀 카의 요령 방법을 배워서
잘 찍고 싶은 마음은 있다.
나를 찍고 나서 보는 데 익숙하지 않아서 겸연쩍다.

양면성

세상살이가 위태위태
보이는 것이 전부였는데
안 보이는 것이 휘젓고 다닌다.

닿을 것 같고 파란 하늘
해 달 별 구름이 전부였는데
한 줄기 바람에 휘날려 가고 온다.

깊은 바다는 알 수 없다.
겉으로는 붉으락푸르락하면서
깊숙한 곳 넉넉하게 품어주니까

사람은 심오하다.
마음은 한 길인데 생각은 오리무중
보이는 것과 허공만 잡는 허무맹랑이로세

- 五常이정관

자신을 광고하는 시대에 살아가는 우리로서는 셀 카가 아니라 동영상도 난립하는 시대이다.

나를 위한 셀 카를 부탁합니다.

잘못된 판단에 남에게 피해를 줄 수도 있습니다.

정보가 난립하는 시대에 살고 있으므로 각자의 정보가 너무 많이 드러나서 피해를 보는 경우도 봤습니다.

고의든지 자의든지 남에게 피해를 주면 언젠가는 자신도 누구에게 피해를 볼 수도 있기에 서로에게 조심해야 하는 시대입니다. 하여 조금은 씁쓸한 미소를 지어봅니다.

28. 사회 초년생 딱지

 확실하게 와서 닿는 건 새로운 해 2018년이라는 것이다. 벌써 두 번째 주 시작이다.

이번 주는 맹추위라고 하며 방송에서는 계속 떠들어서 허 참.

둘둘 싸맨 옷 사이로 찬바람은 잘도 파고 들어온다.

지난주는 길거리가 조금은 한산했었는데 이번 주는 본격적 출근 전쟁을 시작하겠지.

새벽 도로도 동짓날 이후 아주 조금씩 짧아지는지 운행 시작한 지 얼마 되지 않아 동녘이 붉게 물든다.

쉽게 어둠이 가시지 않을 것 같던 겨울밤도 시간의 재촉을 견뎌낼 순 없었나 보다.

월요일 출근길의 서두름도 달갑지는 않지만 부지런한 발길이 다가와 승차를 한다.

"○○○앞이요"

"연초에 복 많이 받고 잘 보내셨어요?"

"네 아저씨도 잘 보내셨어요?"

간단한 인사 후 뒷좌석은 어둠이 찾아왔다.

멀지 않지만. 손님이 타고 내리기가 빠르게 반복하며 출근길의 서막을 예고하고 있었다.

"광화문 ○○○○앞입니다"

청년 손님의 빠른 말투에 시간의 촉박함을 느끼며,

"부지런히 가야겠어요."

"네 부탁합니다."

바쁠 땐 신호등은 왜 빨간불만 켜지는지 참! 머피의 법칙은 여기서
도 나타난다.

"주말 잘 쉬시고 출근하시네요.

작년보다 더 좋은 한 해 시작하세요."

"감사합니다. 작년에 회사 입사했어요."

"아 그러셨구나. 사회 초년생이네요"

"너무 힘들어요."

"처음부터 잘 할 순 없죠. 맡겨진 업무도 만만치 않을 것이고

상사들 눈치도 봐야 하고 일찍 출근에 늦게 퇴근하고"

"힘들어요."

"그래서 사회 초년생은 학교 공부가 쉽다고 하잖아요."

"맞아요. 학교 공부가 더 편해요"

"지식을 배우는 것은 지혜롭게 살아가는 데 있어서 축척이라 해야
하나?

적절한 방법으로 지식을 접하여 편리하게 살아가려고 배우는 거죠"

잠시 말을 끊고서는 미동도 없는 차들에 시계를 본다.

"늦지는 않겠어요."

"사회생활은 사람과 관계의 지속입니다.

아기는 우는 것으로 엄마랑 비즈니스하고 성장 과정도 여러 가지
방법으로 서로를 표현하며 비즈니스를 합니다. 동물도 식물도 마찬
가지로 말입니다.

관계 맺는 방법도 여러 가지지만 생각의 정도로 대응하시면 좋을
듯합니다.

본인에게 맞는 방법 말입니다"

"쉽지가 않아요."

"2.3년은 묵묵히 배우세요. 사람 관계 잘 맺으면서요.
적당히 비위도 맞추고 하면서 말이에요"
"너무 힘들어요."
"내가 일해서 회사가 수입을 올리고 연봉을 받지만
우스갯소리로 남의 돈 먹기가 쉽지는 않죠."
"진짜 힘들어요."
"일 년 보냈잖아요. 잘 하셨는데 앞으로는 점차 쉬워져요 아니 익
숙해지겠지요. 하하하"
목적지가 보이기 시작하며 말의 속도를 높였다.
"잘 하고 있으니까 힘내세요. 별거 없습니다."
"네 아저씨 고맙습니다."
"좋은 하루 아자 "

남자의 다리 건너가기

남자라는 사실에
첫 번째 다리 건너기는
군대 다리 건너가기
관계는 넓어지고 눈도 커지지만
인생의 방향 전환의 정점 일 수도

남자라는 사실에
두 번째 다리 건너기는
사회 진출 다리 건너가기
왔던 길보다 갈래 길이 놓여 있기에

평생 가는 길이 정해질 수도 있는 현실에

남자이었기에
세 번째 다리 건너기는
평생 반려자 다리 건너가기
산천의 굴곡을 평생 헤쳐 가기에
인생의 대를 잇는 큰 결정이기도 하다.

- 五常이정관

그렇다. 나도 자식에게 스펙 쌓으라고 달달 볶아댔었다.
관계에 대한 교육. 현실적 비즈니스 교육. 이런 방식의 교육은 전혀
고려하지도 않았었다.
아이들이 고등학생이 되어서야 나는 조금씩 말문을 열어 소통을 시
작했던 것 같다.
작금의 삭막한 현실도 사실은 어른들이 만들어 낸 것이니, 누구를
탓할 것 없이 내가 감당해야 할 현실이다.
자식 둘을 사회로 독립시킨 나도 잠시 생각에 해보니, 나 역시 그
다지 썩 좋은 점수는 못 받을 만하다.
자녀들이 겉포장이 잘되고 못되고 가 아니라 사람으로 사람답게 살
아가는 모습들을 보면서 흐뭇하고 넉넉한 마음이 되는 것을 느끼곤
한다. 내 인생 성적표는 부도 명예도 아닌 자식들인 것 같다.
가끔 손자를 보고 빙그레 웃음 지으며 행복해지는 건 이젠 나도 할
아버지가 된 것 같다.

29. 장미여관

 올해 들어서 제일 추운 날씨인 것 같다. 완전 무장 했지만. 한기는 틈새를 잘도 찾는다.
겨울은 역시 입에서 흰 김이 나와야 제 맛인가 보다.
아랫지방은 눈도 엄청 왔다고 한다.
일찍 끝내고 들어와야 내일 부산을 다녀올 수 있기에 조금 서둘러서 출근했다.
낯이 익은 거리, 많이도 변한 대학로. 학창 시절을 종로5가에 있는 ○○○○학교에 다니고 있었다.
방통대(그때는 서울 문리대)에서는 집회가 자주 있었고 최루가스가 안개처럼 가라앉아있었다.
가끔 연극을 보러 가면서 추억에 젖어 들고는 했었는데 요즘은 전혀 못 가보고 있다.
"마포 소방서 가주세요"
길가에 모여 떠들어대던 일행들이 이제 헤어지나보다.
"이제 들어가시네요."
"장사 끝나고 들어갑니다."
"수고하셨네요. 손님이 많았나 봐요"
"별로 없어요."
새벽길의 질주는 둘의 대화를 싣고 이대 입구를 넘어서고 있었다.
"전 두 가지 일을 해요. 장미여관이라고 들어보셨어요?"
"그럼요. 불후의 명곡 애청자입니다"

"장미여관 프로듀서입니다"

깜짝 놀랐다.

내가 아는 지식으로는 프로듀서인데 하고 물음표가 달렸지만 그럴 수도 있지.

나도 글 쓰는 사람이니까 하루가 허락한다면 어떤 일이든지 못하겠는가?

"장미여관이란 밴드 이름은 인간 양면성의 뜻을 가지고 지셨나요? 아니면 그냥 자신들의 포장용인가요?

특이한 이름인데요."

"마 광수 교수님이 쓰신 책 (가자 장미여관으로)에서 가져온 건데요.

그분 말씀처럼 섹스도 쉬 쉬 하여 암흑으로 밀어 넣지 말고 밝은 곳으로 끌어내서

공론화가 되어 건전한 섹스문화를 만들어야 한다고 하셨듯이 우리 사회 전반적으로 쉬 쉬 문화가 없어지고 선이 그어져 있는 사람에 대한 차별의식도 깨어져야 하지 않겠느냐는 뜻도 담겨줘 있습니다.

제 어머니는 내가 음악을 선택할 때 하신 말씀이 (내일 일은 모른다 하고 싶은 거 하라) 하시며 이해해 주시고 응원하여 주셨죠."

"마 광수 교수님도 대단한 용기를 가지신 분이죠.

세상을 앞서 가셨으니까요 섹스란 말 자체를 함구하던 시절에

(가자 장미여관으로) 와 (나는 야한 여자가 좋다)를 쓰셔서

그 시절에는 큰 반응을 일으키셨지만 너무 빨리 앞서가시기도 했죠.

하지만 그때 앞서지 않으셨다면 평범한 교수일 수도 있었죠.

마 광수 교수를 보면서 맞아 저렇게 깨트리고 가는 거야

북극을 항해하며 얼음을 깨고 나아가는 쇄빙선처럼, 어쩌면, 저도

보이지 않는 영향을 받은 거 같습니다.

저도 친구들 사이에서 4차원 소리를 들으니까 말입니다"

목적지에 도착은 했지만 차를 세우고 두 사람은 십년지기는 되기나한 듯이 대화는 계속 이어졌다.

"음악이나 시나 예술이라고 하는 장르는 창조라고는 하지만 창조보다는 내용의 흐름이, 굴곡보다는 유수의 흐름 같고 일반 사람들이파악하고 동조하는 호흡이 있는 작품이 좋은 평가를 받는 거겠죠"

"예술이란 벽을 넘기가 상당히 높아요.

글을 쓰기 시작한 지가 얼마 안 되었지만 문학세계에서도 보이는 사람보다 보이지 않는 사람들의 글이 마음의 심금을 더 울리는데, 보통 사람들은 실력보다는 간판을 먼저 보는 색 안을 갖고 있더라고요"

"그래서 무명의 시간이 길죠."

"아마도 예술인들은 매미의 일생과 같은 것 같아요.

짧은 시간에 모든 것을 내어 뱉는 그런 거 말이에요"

"진짜 그렇기도 하네요."

"무슨 일이든지 전문성을 인정해줘야 하는데

현실에선 뛰어나게 성공하기 전까지는 알아주지도 않으니까, 다른공부와 다른 일에 매달리다 결국은 꽃망울을 터트리지도 못하고한겨울을 맞게 되는 게 현실입니다."

그와 나는 한 시간이 넘는 시간을 공감을 주고받으며 끝이 보이지않을 것 같은 대화를 이어갔다.

난 참 가끔 이것이 문제다.

수다 삼매경에 빠져들어 북 치고 장구 치고 있으니 어쨌든 내가 사는 이유의 하나다.

이러면서 사는 게 내 인생이니까 인생 별거 없다는 말 그 별거가 바로 이런 것 아닐까 싶다.

"저와 나눈 대화 내용으로 글로 써도 되지요.
사인은 서로 필요 없죠. 서로 사인하는 사이니까 말입니다. 하하하"
대화가 끝나는 순간도 그는 (너 그러다 장가 못 간다)을 기억해 달
라는 부탁 같은 말을 하며 택시 문을 닫는다.

　너 그러다 장가 못 간다.
　장미여관 작사 작곡 노래

우 우울해 너만 보면 우울해 너 때문에
우 우울해 너만 보면 우 우울해

너만 보면 우울해 네 얼굴만 봐도 짜증 나
언제까지 거머리처럼 남의 피안 쪽쪽 빨아먹고 살 거니
나이 먹고 하는 일 없고 모아둔 돈도 없고
물려받은 재산 없으면 열심히라도 살아야지
맨날 술만 먹고 사고치는 백수건달

살다 보면 언젠간 인생 역전하는 날 있겠지 라는
생각일랑은 저기 지나가는 개나 줘버려
하루 종일 잠자다 그러다 술이 깨면
신기하게 새벽 기도는 빠지지 않고 잘도 가네
복권 일등 주세요. 아주 소설을 써라

내가 돌아돌아돌아돌아 너 때문에
내가 미쳐미쳐미쳐미쳐 너 때문에

너와 친구만 아니면 그냥 확 한 대 쥐어박고
인연을 서로 끊고 싶다

술이 목에목에목에목에 넘어가나
밥이 목에목에목에목에 들어가나
한심한 인간아 평생 정신 못 차리다가
너 그러다 장가 못 간다
너 그러다 장가 못 간다.

요즘 시대. 답답한 시대를 풍자한 노래 가사다.
장미여관 밴드의 존재 이유가 이 시대의 뭔가를 깨트려야 한다면
급진이 아닌 점진적인 깨트림의 음악을 하였으면 싶다.
그 자부심이 변함이 없기를 응원하며 지켜보리라.
멋진 장미여관의 활약을 기대해본다.
어디에서 매듭이 꼬였는지는 모르지만 사람들 각 각의 생각은 서로
다르지만 자기가 좋아하는 일 찾아서 하는 것도 좋고 일한 만큼의
적절한 수입이 보장되어야 한다는 것도 맞다.
하지만 과장된 생각과 보이는 모습에 대한 치중보다는 실리적인 현
실을 찾아보는 것은 어떨까 싶다.
괜스레 마음이 우울해 지지만 나는 긍정의 남자다.
자 또 출발이다.

30. 생선 냄새

 이삼일 북극한파 손님 덕에 무지하게 춥더니 6.25 난리는 난리도 아니다 할 정도로 변덕스럽게 날씨는 죽 끓듯 하고 있더니 갑자기 봄이 오려나.

푸근해진 새벽이 찾아왔다.

1월에는 손님들이 별로 없다고 구시렁대는 동료기사들의 말을 뒷전으로 밀어 넘기며 핸들 대를 잡았지만 거리는 찬바람만 활보할 뿐이다.

미아리 고개를 넘어도 미터기는 0원.

오늘 첫 손님은 누구실까 두리번거리지만 가로등 불빛만이 해맑게 반긴다.

이면도로 건너편 앞치마 두른 꼬부랑 할머니가 익숙하신 듯이 손을 휘저으시며 차를 돌리란다.

그래 위법이지만 첫 손님이시다.

"어서 오세요. 천천히 타세요."

"기사 양반 4시 넘었소?"

그러고 보니 띠 띠 띠 띵 4시라는 라디오에서의 짧은 알림 소리가 흘러나왔기에, "이제 막 넘었네요."

"신설동 좌회전 경동시장 사거리 지나서

첫 번째 신호등 세워주소. 빨리 갑시다. 기사 양반"

"네 할머니 알겠어요."

대답은 시원스레 했지만 후유 생선 냄새가 장난이 아니다.

완전히 옷에 배인 생선 냄새에 역겹기까지 하지만 그 냄새에 할머니 인생 냄새도 품어져 있으리라는 생각에 꾹 참고 가는 거야 자신을 달래며 부지런히 밟았다.

"할머니 저 앞이요?"

"저 화물차 뒤에 다 세워주시오. 기사 양반"

"네 안녕히 가세요."

받아든 오천 원 지폐에서도 생선 냄새가 배여 내 코를 자극하고 있어서 다음 손님을 위해 안 되겠다 싶어 창문 네 곳을 다 열고 달렸다.

에고 북극이 따로 없다.

에취~^^

할머니의 뒷모습을 물끄러미 바라보다 마음이 울컥해지며 삶의 노래가 짙어지는 나이 먹음에 잠시 생각이 멈췄다.

이제는 벌어먹으려고 다니시지는 않으시겠지만 평생 새벽 청량리시장으로 가는 일이 일과의 시작이었기에 몸에 배었으리라.

하시던 일에서 손을 놓으시면서 습관적인 일상이 깨어져 몸이 망가지시는 어른을 주변에서 가끔 보아 왔기에 할머니처럼 당신과 한 몸이 되어버린 생선 비린내를 품고 걸어가시는 길이 당신으로서는 당연하실 것이다.

백미러에 비친 나를 보았다.

나름은 많이도 겪은 세월 흔적이 그득 그려진 얼굴에는 세월의 풍상이 그려져 있고 왠지 서글퍼 보이는 엷은 미소를 지어 보았다.

내가 봐도 이 정도면 꽤 잘생긴 얼굴인데 사서 고생하며 힘들게도 살았다.

과연 나에게는 어떠한 냄새가 배어져 있을까?

한약재처럼 쓴 냄새가 배었을까?

초콜릿같이 쓰면서 달콤할까?
새순을 내민 봄나물처럼 향긋할까?
잘 버무린 겉절이 김치처럼 아삭거림이 있을까?
농익은 된장 고추장처럼 품위 있게 배였을까?
청양고추 먹은 입안처럼 맵다 못해 아린 냄새일까?
쉬 꼬부라진 냄새가 배어 있을지도 모르지!
나는 여태껏 어떤 냄새를 풍기며 살아왔나?

내 음

푸른 파고를 넘나들며
씽 씽 내 달리던 바다가 아니라
오밀조밀 찰싹 달라붙은 장터 길에
즐비하게 늘어선 궤짝 안에는
너부러진 채 비린내 풍기고 있던
초라한 몸뚱이 주름진 손에 쥐어져
씰룩 샐룩 진한 내 음만 날리며 있다.

비릿한 젖비린내 벗으려
콘크리트 벽 사이 비집으며 뛰었고
개미처럼 지하 굴 따라 쉴 틈 없었고
찌푸려진 하늘에는 노랑 풍선 떠 있고
해와 달이 변할수록 인생길 갈증에는
손 내밀어 목축일 곳이 없으니
새삼스레 늙은 어미 내 음이 그립구나.

인생 개똥철학에 빠져 있다가 아랫배의 신호도 잊었네.
핸들을 놓고서 풍선처럼 부푼 아랫배를 붙잡고 급하다.
급해 후다닥 화장실로 뛰었다.
너무도 참았었나 보다.
오늘 하루 인생길 이 내 음 저 내 음에 지쳤지만 적당한 방법으로
쌓인 스트레스 좍좍 쏟아내 버리세요.

31. 워킹 맘

 초미세먼지가 극성을 부리는 통에 세차하기에 진땀을 흘리는 요즘이다.

컥컥대는 목소리는 새벽부터 목구멍을 찌른다.

춥지 않으면 중국발 미세먼지가 날아오고 공기가 이렇게 탁하니 다음 세대가 문제다.

인간이 지구를 망가트리고 있으니 언젠가는 지구의 자정 능력이 발생하며 털어낼 것은 털어내려 할 것이고 지구 생태계의 재앙도 찾아올 것은 분명해 보인다.

걱정스럽다.

어두운 도로를 헤집고 다녀도 손님은 눈에 띄지도 않는다.

주말에 부산을 다녀온 여독이 남아 눈꺼풀을 짓누른다.

한가로운 장소 찾아서 좀 자자.

이렇게 결정을 내리고 쉴 곳으로 달려갔다.

뭔가를 하려고 하면 머피의 법칙이 훼방을 놓는다.

멀지 않은 곳에서 먼 곳으로 가는 호출 소리에 순간 수락을 누르고야 말았다.

물질의 유혹에 넘어갈 수밖에 없는 나인 것이다.

갑자기 문자가 뜨더니 "1분 후 도착합니다."였다.

느긋하게 밴드를 열어 시를 읽다보니 벌써 5분이 지나도록 감감 무소식이다.

"뭔 일이야!" 짜증에 중얼거리며 돌아보아도 기척이 없다.

"아이고 아저씨 죄송해요.

얼른 들어가 안으로 더 들어가 그래야 엄마도 앉지"

아이 둘을 데리고 가까스로 택시에 올라탄다.

"아저씨한테 안녕하세요. 인사하고"

엄마의 재촉에 단련이라도 되었는지 아니면 습관이라도 되었는지 아이들은 졸린 눈만 나와 마주친다.

"안녕 어서 들어오세요.

반가워요.

이제 아저씨가 운전하고 갑니다.

엄마 옆에 기대고 있어요. 이제 차가 출발합니다."

남매는 두 눈만 껌벅이며 바라보는데 두 아이 눈이 진짜 맑고 깨끗하다.

"두 아이 데리고 나오느라 늦었어요. 화장실 간다고 하지, 빠진 거 있나 챙겨야지, 어휴 아침에는 정신이 하나도 없어요."

"한 아이 챙기기도 힘든데 둘이니까 더 힘들지요"

갑자기 춘천에 사는 큰며느리 생각이 불현듯 스쳤다.

우리 큰며느리도 고생할 텐데.

하는 생각에 택시에 탄 아이들 엄마에게 잠시의 내 생각이 부끄러웠다.

"어휴 고생이 많으시네요."

"네 아침마다 전쟁입니다"

"아이 아빠는?"

"네 벌써 출근했어요."

"그러셨구나! 힘들어서 어쩐대요."

"괜찮아요. 내가 할 일인데요. 뭐"

"그래도 직장에 어린이집이 있어서 같이 출퇴근해요"

하긴 요즘 세상에 이 정도면 좋은 회사이지 않을까 싶다.

"거의 다 와 가요. 아기들 어떻게 해요"

"깨우면 금방 일어나요"

아이들도 출퇴근을 겪으니 얼마나 힘들겠는가?

"얘들아 일어나자 다 왔다."

부스스 눈을 뜨는 아이들이 측은해 보였다.

"천천히 하세요. 안녕! 잘 가"

마음 한구석이 짠하고 눈시울에 눈물이 고인다.

옛날에 비교하면 많이 좋아졌다고는 하지만 좀 전의 아기엄마 정도 회사에 다니면서 직장 어린이집에 다닐 수 있는 경우는 드물다.

이 정도만 되어도 애들 걱정 덜 하며 직장에 더 충실하게 근무할 텐데.

왜 회사들은 복지 처우 개선이 안 하는 걸까?

이름만 들어도 아는 회사들은 어린이집이 있다고는 하지만 회사원 모두의 아이들을 다 수용하는 것은 아니다.

그럴싸하게 어쩔 수 없이 운영하는 회사가 태반이다.

수익 창출에만 눈을 붉히지 말고 더 많은 이익 창출을 꾸준히 이어 갈 수 있도록 직원들에게 안배를 해주어야 적극적이고 진취적인 발전을 하지 않을까 생각해본다.

워킹 맘이라는 용어 참 안쓰럽다.

보이는 것과 비교하는 것에 치중이 된 사회다.

물론 주변 환경도 중요하다.

그러나 세상의 다양성.

인간의 다양성을 인정하고 내가 누리는 자유스러운 활동이 남에게 피해는 안 주는지 나는 괜찮은데 하는 인식이 누구에게는 상처를 주는지도 생각해 봐야 하지 않을까 싶다.

워킹 맘

화려한 레이스에
끌리는 드레스
잘 다듬어진 머릿결은
반짝이는 보석의 치장
다정히 팔짱 낀 나만의 그대와
붉은 양탄자를 걷는
꿈에 젖었던 소녀의 꿈
따스한 햇볕에 너울대던
사랑의 씨앗을
품에 꼭 안아 들고
하얀 날개 달고
검은 날개 달고
차갑게 불어온 바람을 타고

산 너머 먼 곳으로 떠나려 하네
먼 여행을 떠나려 하네

— 五常이정관

32. 이런 아저씨 처음이에요

하늘은 무슨 말을 토하고 싶은 것일까?

제멋대로 안 된다고 떼쓰는 떼쟁이 손자처럼 새벽하늘은 달님과 별님을 훔치고 보여주질 않는다.

심통이 잔뜩 난 모양이다.

조용히 흐르는 물이 많지 않은 우이천을 힐끔 봐도 관심도 없는지 제 갈 길만 따라 부지런히 흐른다.

오늘 새벽길은 가로등도 모두 자는지 신호등 불빛만이 파랗게 빨갛게 손짓을 해댄다.

답답한 마음에 한가한 겨울의 그림자가 드리운 거리를 냅다 달려본다.

주어진 하루가 너무 고마운데, 가끔은 싫어질 때도 있다.

육 춘기의 반란인가?

신년 초인데 괜스레 착잡하니 마음이 싱숭생숭, 좀 그렇다.

내가 나를 봐도 조금은 신기한 인간이긴 하다.

물론 나만 그런 거는 아닐 거다. 슬그머니 자신을 변호해본다.

손님이 없다 보니 별 잡스러운 생각에 잠긴다.

"아저씨 ○○○역 5번 출구요"

서울 시내 지하철 출입구도 외워야 한다는 생각은 택시를 하면서 겪은 것으로 손님들이 낯선 곳을 지하철 타고 찾아갔다가 못 찾고 결국은 택시를 타고 간다는 사실이다.

어떤 원칙으로 출입구의 번호를 정했을까?

궁금해서 살펴보았다.

지하철의 1번부터 시계방향으로 돌아가며 번호가 쓰여 있는 것을 보았다.

즉 1번부터 오른쪽으로 돌면서 보면 출구 번호 찾기가 수월하다는 것이다.

밥 먹고 하릴없는 사람 같지만 어쩌란 말인가?

나는 궁금하면 못 참아서 알게 될 때까지 집중한다.

이야기가 이상하게 빠져 버렸다.

"이제 집으로 들어가나 봅니다."

"이제 일 끝났어요."

"그래요. 밤새 고생하셨네."

"배달해요"

"오토바이 운전하시겠네. 조심해서 해요. 다치면 나만 손해입니다."

"네 그래야지요"

"남의 돈 벌기 쉽지 않아요.

힘들게 번 돈 막 쓰지 말고 잘 모아서 얼른 내 가게를 해야죠. 그래야 고생 한 보람이 있죠"

"그래서 열심히 하고 있어요."

"오토바이는 위험하니까 조심하고 또 조심하세요."

청년은 깍듯이 인사하며 웃다가 쳐다보더니,

"택시 많이 탔었는데 아저씨 같은 사람 처음이에요"

"무슨 말인지"

"아저씨처럼 다정하게 말하는 기사 아저씨 없었어요.

다 투덜대거나 말을 아예 안 해요"

"세상 살아보니 별사람 다 있지요?

기사 아저씨들도 각자 다르답니다.

자기와 다르다고 나쁘다.

잘못 되었다는 생각을 가지면 그 사람 또한 상대방이 다르다고 생각하는 의견을 가지면서 충돌이 생기게 되겠지요.

서로가 처한 현실에 본인이 최선을 다하면 되지 않을까 싶어요."

"좋은 말씀 고맙습니다."

"그래요. 다음에 또 봐요. 운전 조심하고요."

청년은 흡족한 웃음을 보이고는 문을 닫고도 가지를 않고 인사를 다시 한다.

마음의 문을 열면 저렇게 순수해지는 게 인간인데 싶다.

중심은 마음인데

지구에서 분출된 인간이기에 지구를 닮았다
중심의 핵이 있기에 마음이란 걸 품고 있다
생존과 멸망을 주도하는 화산의 존재와 같이
잠잠하면서도 부글거리는 끓음도 지니고 있다.

중심의 핵은 모든 것의 공급이며 시작이기도 하지만
원초적이며 평온하고 평범할 수도 있을 것이다
인간의 마음도 지극히 약하지만. 때론 강하기도 하듯이
때에 맞춘 중심핵 활동에 생사가 달려 있을 수도 있다.

핵인 마음의 결정을 위해 심사숙고할 수밖에 없는
결점 점에서 보이지 않던 고와 낙의 인과에 이끌리어
낭패를 보기도 하고 희열을 맛보기도 할 것이다

이렇다 저렇다 우기지만 끝은 원칙만이 존재함을 안다.

지구를 닮았고 유일하게 마음을 지닌 창조의 산물인
인간은 어디까지 해야만 더 파렴치하지 않을 것인가
조금씩이더니 이젠 모두 다 원하며 자신을 갉아 먹는다
마음의 핵 정화를 위해선 쏟아낼 수밖에는 없을 것이다.

- 五常이정관

인간이기를 거부하지 말자. 만족하지도 말자.
어차피 완성을 위해 가지만 완성은 절대 없는 것 같더라 그래도 최
선은 다해야 하겠지.
후회가 없도록 말이야 지구가 수십억 년 버텨 온 것처럼 우리도 말
이다.
세상살이는 보이지 않는 법칙에 의해 돌아가는 건 분명한 것 같은
데 어떤 순리나 법칙일지라도 원칙이라는 것이 정답이라는 것을 알
수 있었다.
문법도 육하원칙이 있듯이 인간이 벗어날 수 없는 어떤 법칙의 굴
레가 존재한다고 믿기에 일부 과학자들은 연구를 거듭하며 자신이
자신을 연구하는데 몰두하고 있다.
그럴듯한 법칙이 꼬리라도 보일라치면 호들갑에 시끌벅적해진다는
것이다.
인간은 자신에게도 어떤 법칙의 굴레를 씌워 자신을 강요하며 살아
가는 것이다.
사람은 너무 어렵게 살려고 하는 데 문제가 있다.

있는 그대로 보이는 그대로가 왜 안 되는지 알 수가 없다.
사람으로서의 원칙이 무엇이라 정할 순 없을 지라도 옳고 그름의
원칙이 기준이 아닐까 싶기도 하다.
인간은 풀지 못할 숙제를 안고 살아가는 것인가 보다.
궁상을 떨어보는 오늘 하루의 단상이었다.

33. 유전병은 집안 적통

대한이 지난 지도 며칠 되었는데 시베리아 추위가 볼 타구를 발갛게 물들이며 기세등등하게 나 이정도야 하며 거드름을 피운다.

잔뜩 오그린 채 걸어도 춥기는 춥다.

차고지에 택시들이 꽉 차서 서 있다.

1월은 비수기인 데다 설 명절도 있고 손님이 없어서인지 택시 기사들이 근무를 제대로 안 한다고 배차 부장이 투덜댄다.

차고지에 주차된 차가 많아서 뺐다. 박았다. 차량 정리에 손이 많이 가니 새벽녘에 짜증만 솟았는지 얼굴을 찡그린 채 담배만 연신 피워댄다.

괜스레 나까지 기분이 망쳐질 것 같아 서둘러서 차고지를 빠져 나왔다.

새벽 손님 그림자라도 태우기가 쉽지 않으니 진짜 장난삼아 웃을 일이 아니다.

어디에다가 택시를 세워 놓을 수도 없고 영업을 안 할 수도 없고 난처한 지경이다.

그래도 6시가 가까워지니까 호출이 많아지면서 직장인들이 출근준비를 하고 있는가 보다.

한 청년이 과자봉지를 한 손에 들고 손을 든다.

"어서 오세요"

"안녕하세요. 숭미 초등학교 앞이요"

"숭미 초등학교요?"

"네"

"쌍문동 말이지요. 우리 동네 분이네요"

"○○아파트입니다"

"동사무소 옆 아파트네요. 반갑네요. 퇴근하는 거예요?"

"네 편의점에서 아르바이트해요.

근데 2월 말이면 끝나요"

"시급이 올라서 가족끼리 한다고 하네요."

"대책 없는 시급 상승이 서민들 피해로 돌아오네요.

다른데 일자리 구해야 하겠어요."

"몸이 아파서 좀 쉬려고요"

"아이고 젊고 괜찮아 보이는데요."

"친할머니 당뇨 유전병이 있어서 초등학교 때부터 인슐린 맞았어요. 유전성 만성 당뇨병이라 늘 조심해야 해요"

"사람이고 동물이고 유전의 상속을 받는 생명체는 그 세대에 거의 딱 하나라고 하더라고요.

말하자면 적통이라고 해야 하나 그 집안 핏줄에 2~3대에 유전이 이어지는 경우가 많다 하더라고요"

청년은 양파 링을 뜯어 먹으며 귀를 기울여 듣고 있었다.

"아저씨도 집안 전체에서 증조할아버지에게 있었던 유전을 물려받아 어릴 적에는 상처를 많이 받았어요."

"이제는 괜찮아요?"

"괜찮은 게 아니라 평생 갖고 가야 하니까 담담히 받아들이고 자기 일에 충실해야죠.

그리고 우리 주변에서 보면 다른 이들에 비교해 무언가 부족하면 또 다른 것으로 그 부족한 곳이 채워진다고 합니다.

완벽한 사람은 없더라고요.

젊은 친구도 본인의 재능이 뭔지를 찾아봐요.

좋아하고 재미있다고 생각나는 게 나는 이런 거 잘해서 하는 거 있잖아요."

집까지 타고 가는 거리가 너무 멀다보니 택시요금이 제법 올라가서

"택시비는 편의점에서 줘요.

"아뇨 제 돈으로 타요. 전철 타는데 오늘은 몸이 안 좋아서요."

"거의 다 와 가네요. 저기서 좌회전해서 뒷길로 갈까요?"

"네 아저씨"

"몸 건강히 잘 챙겨요."

"안녕히 가세요."

핏줄은 못 속인다고 오래전에 있었던 이산가족 찾기를 보면

어쩜 그리도 닮았는지 닮았네. 진짜 닮았다. 말을 연신 했던 적이 있었다.

어른들의 말씀이 누구의 언행이 눈에 거슬리는

잘못된 언행을 보면 누구를 닮았다고 핀잔을 주셨다.

아니 어쩌면 생리학적으로는 당연한 말이었는데 난 그 말이 참 싫었던 기억이 있다.

내 주위에서 보인 유전은 습관도 개념도 자신도 모르게 닮아가고 있다는 것이다.

나부터도 아버지의 모습이 보이기 시작하니 말이다.

아버지의 등

떠나려는 계절과 오려는 계절의 경계

잠시 머뭇대는
돌연히 되새겨진 모습
도돌이표 삶에
서서히 흐려지는
기억 너머 당당하신 아버지
무엇이라도 질 것 같았던
아버지의 어깨와 널찍한 등

처자식 짊어진
그 등밖에 볼 수 없었던 시절
가을 하늘
조각구름으로 흩어지고
뚜렷했던 목소리도
달려가는 세월의 굉음에 묻히다

보이는 건 굽어진 아버지의 등뿐이었지

눈부시도록 파란 가을에 홀연히
당신의 길을 가실 때도
넓게만 보이던 등
이제는 이 자식이 물려받은 무거운 등은
기억 속의 아버지
내 아버지이셔라

- 五常이정관

그래 우리 부정하지 말자!
내 아버지이고 내 어머니인 것을!
있는 그대로 받아들이고 헤쳐 나가는 거야!
후회하지 않는 선택된 삶을 살아가도록.

34. 초미세먼지

올해는 더 유난히 유세하는 날씨가 뒤죽박죽 적응하기 힘든 올겨울인 것 같다.

영하 17도 체감 온도 영하 22도가 일주일을 채우고 있다.

새벽길 지나치는 사람마다 하얀 입김이 모락모락 나온다.

시원찮게 달리는 자동차도 허연 입김을 뿜는다.

언덕 위 아파트 단지 굴뚝도 허연 입김을 풀어 제친다.

택시 안이 썰렁해서 히터를 틀어놨더니 목이 컥컥대며 된 소리가 나오기도 하지만

피부 관리에도 안 좋다고 했던 손님의 말이 생각나서 히터를 껐더니 차 안이 썰렁하다.

그래도 초미세먼지에 컥컥거리는 것보다야 낫겠지 싶다.

기온이 뚝 떨어지니까 손님들이 타기는 타도 가까운 곳을 많이 가신다.

"어서 오세요"

"아저씨 가까운 곳 가요. 미안해요"

"가까운 곳 가시면 공짜로 가시나 돈 주고 가시잖아요."

"고마워요. 너무 추워서"

"지난번 따뜻하면서 초미세먼지가 가득한 게 좋으세요?
아니면 몹시 추운 이 날씨가 좋으세요?"

대답하기가 민망했는지 우물쭈물하시더니

"그래도 추운 게 났지"

"추운 거야 잘 싸매다 보면 괜찮지만. 초미세먼지는 몸속으로 들어가 병을 만들잖아요.
추위도 반가워하세요. 겨울엔 추워야 해요"
"맞는 말이지만 인간이 어디 그라 금세 마음이 이리 가고 저리 가고 그러는 거지 뭐.
안 그래요?"
"북서풍이 불면 러시아에서 찬바람이 불어오지만 먼지가 적고 서풍이 불면 따뜻하지만.
미세먼지와 황사가 중국에서 날아와서 극성이랍니다."
"아저씨는 아는 것도 많소."
"그래서 밥도 많이 먹어요. 하하"
"아저씨가 재밌네요. 저 앞 건널목에 세우시오"
"카드 여기 대세요. 아이 고 현금 주시네. 요즘은 현금 구경하기가 별 따기랍니다"
그렇다. 그래도 추운 게 훨씬 좋다.
타는 손님마다 초미세먼지와 초강력 추위 둘 중에 더 싫은 게 뭐냐고 물으니 두세 사람은 어차피 서울 공기가 최악이니 그 공기가 그 공기 같아서 잘 모르겠고 추위를 많이 타서 추운 게 진짜 싫다고 대답하는 것을 보면 온방시설과 따뜻한 옷이 추위를 이겨내지 못하게 하나 보다.
대다수사람들은 구시렁대면서도 추위가 좋단다.
급작스럽게 발생한 강력한 한파의 기습으로 순식간에 도시가 얼어버렸다.
아들은 구하기 위한 아버지의 행보가 담긴 영화를 본 적이 있다.
어떤 영화는 지구 종말의 주역은 인간이라는 경고성 작품도 본 적이 있는데 어쩌면 현실이 될 수도 있다는 것에 요즘 날씨를 겪으면서 공감이 가는 영화였던 것 같다.

풍족한 생활이 막바지로 치닫는 현실의 어느 날 갑자기 지구의 자정 운동에 생태의 변화가 올 수도 있을 것이다.

무관심하게 지나칠 것이 아니라 사람들이 깨닫고 환경에 관심을 두어야 한다고 생각한다.

차량의 장시간 시동 걸어놓기. 담배 등 쓰레기 투척이 보기보다 엄청 많다는 것을 직접 목격했다.

그리고 진짜 일인 탑승 차량이 도대체 왜 그렇게 많은지 이해가 되질 않는다.

앞으로 전기차가 활성화되면 특정 지역 안은 전기 자동차외 에는 출입도 자제시켜야 초미세먼지도 감축하고 통행이 자유스러워 관광객들 유치에도 능동적일 것 같다.

환경에 대한 각별한 관심을 국민들이 동참해서 조금씩이라도 개선해 봤으면 싶다.

35. 웃음이 만병통치약

1월의 마지막 주에 들어섰다.

벌써 한 달이 후다닥후다닥 불이 나게 달리는 것 같다.

눈감고 뜨고 하다 보니 도대체 무엇을 하다가 한 달이 갔는지 참

인생 나이 숫자대로 간다더니 속수무책에 흰옷 입은 북한산만 바라

보는 눈만 글썽인다.

애마인 택시마저 콜록대며 심장 소리를 낸다.

텅텅 빈 거리를 달려보자.

사실은 이럴 때가 그냥 아무 이유 없이 제일 좋다.

"어서 오세요"

"아저씨 이제 나오셨구나."

"네 오늘 첫 개시 손님이십니다. 장사 끝나고 들어가시나 보다"

"그래요. 이제 들어갑니다."

"골목길도 잘 모셔 드릴게요. 말씀만 하세요."

"아저씨 같은 기사 양반들만 있었으면 좋겠소."

"감사합니다."

그렇다. 택시를 시작하면서 깨달은 것은 집에서 나와 출근하며 택

시를 탄다면 가족 외에는 처음 보는 사람이 택시기사 아닌가?

처음 본 사람에게서 기분이 좋다면 종일 모든 게 기분이 좋을 것이

고 저녁에 퇴근할 때도 택시를 탄다면 집에 들어갈 때 마지막 보는

사람도 택시 기사 아닌가?

하루를 좋은 기분으로 마감한다면 좋은 꿈도 꾸지 않을까?

이런 의미에서 나는 많이 웃으며 손님을 대하지만 사실은 솔직히
나 좋아지자고 시작하는 행동이었다.
그래야 안전 운전에다가 스트레스도 덜 받아 건강을 지켜서 좋고
손님에게 웃으면서 대하니까.
손님과 마찰도 줄일 수 있고 어쩌다 팁도 주고 내린다.
마음먹고 시작한 행동이었는데 손님들 반응이 좋다.

감정 치유

마음이 상하면 육체에 병이 생기고 육체가 병이 들면 마음이 가라
앉습니다.
우리의 몸과 마음이 상호작용을 하고 있음이 확실한 것 같습니다.
스트레스 분노 우울증 죄책감 공포 근심 원한 등 해로운 감정은
실제로 우리 몸에 큰 영향을 준다고 합니다.
심리학에서는 약간의 불안 걱정 두려움은 우리의 삶에 긍정적 영향
을 준다고는 하지만 깊은 근심과 걱정은 도리어 인체에 악영향을
준다고 합니다.
걱정과 염려는 필요 없는 감정이고 생각입니다.
즉 창조적이지 못하고 파괴적이므로 우리를 상하게 만들기 때문입
니다
우린 삶의 많은 부분을 바꿀 수 없고 상황을 통제하는 일 더더욱
할 수가 없습니다.
찰스 스윈돌은 삶은 자신에게 일어난 일에 대해 어떻게 반응하느냐
에 90%가 달려 있다고 합니다.
실제 마음의 즐거움이 질병 치료에 큰 도움이 된다는 연구 발표도

있습니다.

마음이 우리 몸에 면역력과 치유력을 준다는 사실입니다.

즐거워서 웃는 게 아니라 웃어서 즐거워야 한다는

UCLA 노먼 커즌즈 교수의 강의도 있습니다.

웃음은 방탄조끼와 같아서 질병과 바이러스 세균으로부터 우리를 보호해주어서 면역력 치유력을 증대시켜 준다고 합니다.

즐거워할 만한 일이 있어서 즐거워하라는 것이 아니고 기뻐하고 즐거워함으로써 마음이 치료되며 건강한 몸이 되어 즐거운 삶을 살 수 있을 거로 생각합니다.

이 글은 돈 콜버트 박사와 노먼 커즌즈박사의 글을 인용하였습니다.

즐겁게 웃을 일만 있다면 행복 수지는 높이 올라갈 수도 있겠지만 진짜 행복의 척도는 무얼까 하고 생각해 보니 나는 현재인 것 같기는 한데 꼭 그렇지만도 않은 것 같다.

어쩌면 어떠한 일이든지 그때그때 맞춰 이루어졌을 때가 행복하지 않았나 싶다.

부와 문화가 발달한 나라가 도리어 개발도상국에 비해 행복지수가 낮다는 발표는 조금은 아이러니하지만 인간은 96%의 하지 않아도 될 걱정과 4%의 해결하지 못하는 걱정에 행복한 삶이 깨진다는 조사 결과도 있다.

우리 어릴 적의 가장 큰 걱정은 먹고 노는 것과 학교 가는 것 외는 관심의 대상이 거의 없었다는 것이다.

그 당시에는 먹으려고 하는데 먹는 현실이 어려우니까 먹는 것이 해결되면 만족도가 높은 건 당연하듯이 친구들과 노는 것도 즐거웠을 것이다.

현실은 어디서나 아무 때나 먹고 놀고 즐길 수 있기에 만족도가 떨어지다 보니 새로운 소일거리를 찾고 찾는 것이 아닐까 싶은 마음에 특이한 먹거리이거나 장소 또는 유흥 거리를 찾아다니는 사람들이 늘고 있는 현실이다.

그러다 보니 사람 관계도 특정해지고 웃음이 점점 멀어져 가며 스트레스란 말이 내뱉기 쉬운 말이 되었다.

사람들은 서로를 극도로 경계하며 살고 자기를 나타내려 하다가 충돌에 휘말리기도 하며 자기만의 성에 자신을 가두는 현실이 요즘이다.

나의 현실을 만족하며 살도록 노력을 하며 사람 관계에 더 노력하여 많이 웃을 수 있도록 해야겠다.

그 쉬운 말이 웃음은 만병통치약인 것을 말이다.

36. 무지개 모성애

우리나라 열혈 모성애는 세계적으로 유명하다.

전투를 진두지휘하는 장군의 용맹함으로 자녀들을 위해 과감한 결단으로 앞만 보는 전진뿐인 모습을 자주 보게 된다.

왜들 그럴까 하고 싶지만 한편으로는 충분히 이해도 된다.

기본적인 엄마들과 아이들 대화를 들을라치면 학원은 어떻게 했니? 왜? 그렇게 했어? 물음표뿐이었다.

느낌표라든지 쉼표 마침표는 증발하고 물음표만 남아서 아이에게 대답만 강요할 뿐이다.

유치원생은 그래도 조금은 낮겠지 싶었는데 들여다본 유치원 속은 상상을 초월했다기보다 모두 아예 무언가에 익숙해져 있다는데 더 놀랐다.

당연지사로 여기는 유치원 입학 추첨은 전날부터 줄서기는 기본이고 아이가 주인공인데 엄마 아빠가 주인공인 모습은 더 가관이었다.

젊은 미혼들이 혼자 주장하는 이유를 충분히 이해할 것 같은 풍조가 만연된 현실에 조금의 자책감을 느꼈다.

부모가 준비하고 아기가 태어나는 세상이 당연하지만 부모가 준비부터 안 되어있는 시대를 뭐하고 할 것 인가?

무조건 탓할 수만도 없는 현실이다.

노란 유치원 차들이 여기저기 들쑥날쑥 봄나들이 나와서 어미 닭 눈 피해 수풀가에 숨바꼭질하는 병아리들처럼 순식간에 나타났다

사라지곤 하는 아침 시간이 되면 노란 승합차를 피해 운전을 하곤
한다.
그 시간에는 작은 아이 들러 업고 큰 아이 손을 잡고 노란 옷에 노
란 모자 날리며 노란 가방 메고 엄마도 뛰고 할머니도 들고 뛴다.
새하얀 솜털 같은 아이는 그사이 먹구름이 되어서 천둥과 비가 쏟
아지는 아침 등굣길이다.

국화꽃과 고추잠자리

하늘 수놓은 구름처럼
군데군데 꽃 길목 구절초 향기는
재롱둥이 날개에 묻어 뿌려지고

바람이 볼을 스칠 때
노란 국화 미소에 취한
개구쟁이는 노란 소국 되었네

청명한 가을 기운에
향기 담은 소국 사이
뱅뱅 돌고 도는 고추잠자리 되었네

– 五常이정관

손자와 작년 가을 소풍 나갔을 때 잠시 의자에 앉아 있다가 쓴 글

이다.

나도 어느새 어린 소국 사이 빙빙 도는 고추잠자리 할아버지가 되었나 보다.

이렇듯이 시키지 않아도 자동으로 사랑은 이어지더라.

하지만 도가 지나친 관심으로 이후에는 돌아올 수 없는 다리를 건너버린 젊은이들을 제법 보는 세상이 되었다.

자기가 하고 싶은 거 하고 좋아하는 거 하며 또는 즐거워서 하는 일을 하면 자부심과 책임감도 생기지 않을까 싶기도 하다.

이렇게 말하는 나에게 질타를 하는 사람도 있을 것이다.

수입이 중요해지고 보기에도 좋아야 하고 미래가 안정된 그런 직업에 매달려 근무하고 있고 근무하고 싶은 게 현실이니까 말이다.

요즘 직업적으로 보면 그냥 직장이지 직장에 대한 어떤 자긍심과 자부심은 실종된 지 오래다.

어릴 적부터 비교 교육과 경쟁을 해야만 하는 현실로 아이들이 내몰리고 있는 게 작금의 시대이다.

선진 문화인이 되려면 변화가 이루어져야 한다.

우리나라를 이만큼 발전시킨 큰 힘은 바로 어머니들이고 현실의 사태를 이렇게 만든 이들도 바로 어머니들이다.

대한민국의 어머니들 왜 우리냐고 불평하지 마세요.

그건 핑계일 수도 있죠.

제일 많은 이유가 첫 번째는 당신이 못다 한 것을 자식을 통해 보상받으려 하고 두 번째가 안정된 생활을 위한 직장을 위해서라고 합니다.

그 심산이 당신 아이들을 현실로 내몰고 있습니다.

부모의 선천적 유전자 즉 당신 자신들을 보세요.

당신들은 어떠했는지요.

당신의 아이에 대한 노란 풍선을 버리세요.
높이 올라가 빵하고 터질 수도 있답니다.

37. 부모라는 자리

 1월의 날씨가 기승을 부린다.

뭐가 그리 못마땅해서 심술을 부리는지.

인간들이 만들어 버린 날씨를 하늘에 탓을 해본다.

1월도 잠시 머물다 갈 것인데 괜스레 투정하는 발길로 새벽길을 서둘렀다.

출근길도 막바지로 치달으며 오전 10시가 되어간다.

긴 한숨을 내뿜으며 좀 쉬어야지 하는 기대는 여인의 손짓에 눈 녹듯이 땅바닥으로 흩어졌다.

"천천히 타세요. "

여인은 힘겨운 듯이 조심스레 앉는다.

"아저씨 ○○대병원이요"

"네"

"○○대병원이죠.

유방암센터가 어린이 병원 옆이라는데 들어가서 어디쯤 있나요?"

핸드폰에서 들리는 목소리가 크게 올려 있었다.

"어린이병원 별관이요. 알겠습니다."

"예약은 했는데 접수를 다시 하라고요.

아니 MRI 사진은 미리　내라고 하던데"

전화의 목소리는 사무적인 목소리만 울릴 뿐이었다.

전화를 끊고서 "아저씨 예약 시간이 늦으면 시간이 더 걸리니까 빨리 가 주세요."

"네 그러죠.
제가 유방암센터 압니다.
알아서 세워 드릴게요. "
여인은 한동안 차창 밖만 주시하는지 거친 숨소리만이 뒷좌석 공간을 채웠다.
텁텁했던 조용함이 싫었는지 말문을 연다.
"◇◇대 병원에서 ○○대 병원으로 가라고 하네요."
"아프신 게 신호가 왔을 텐데 미리 병원에 가 보시지 그랬어요."
"잠시 아픈가보다 그랬어요.
아기 낳고 젖몸살이 나서 잠도 못 잤었거든요.
그러나보다 했어요."
여인은 자신의 속내를 풀어헤치기라도 하려는지 택시 안에는 여인의 단내 나는 십여 년 결혼생활에서의 눈물 젖은 드라마가 이어졌다.
시댁과 친정의 회유와 압박 그리고 남편의 무절제한 생활과 폭행을 견디어 온 이야기를 쏟아내고 있었다.
여인의 끝이 보이지 않는 고통이 나에게도 아픔이 되었지만 40대 이 여인에게
다독이는 말밖에 도와줄 일이 없다는 현실이 안타까웠다.
"제가 아프다고 아이들까지 다 빼앗아 가더니 이제는 같이 살자고 말하더라고요. ○○자식!"
"선천적 성격은 못 고칩니다.
지금은 본인의 몸이나 추스르시고 나서 생각하세요."
"너무나 힘겨워요.
어려서부터 집안이 어려워 공부에 매달리어 은행에 취업하여 억척스레 돈 모으며 살았는데 정작 친정은 돈만 받으려 하지 저에게 도

움은 전혀 안 되더라고요"

"거의 다 왔어요.

힘내시고 다른 거 생각 마시고 당신 몸부터 챙긴 다음 생각하세요.

이 건물이에요.

저 간판 보이시지요."

참 인생살이 역겹다 역겨워.

이리도 역겨울까?

세파에 부딪혀 부서진 몸은 기댈 곳은 없어도 한 줌뿐인 몸뚱이는 가눌 힘마저 잃어가는구나.

택시 안에서 생각 외로 거침없이 당신의 인생 이야기를 손님들은 스스럼없이 풀어 놓으신다.

다시는 안 볼 수 있는 사람이기도 하고 아니면 봇물 터지듯이 쏟아 붓고 싶었는지도 모른다.

여인의 단내

침전된 대지는
하얀 햇살이라도 바라지만
냉혹한 시선에 찢어져 갈라지더라
서러운 의탁도 거절당한 채
복받친 햇살은 멀어져 간다

어둠이 앉으면
노란빛이라도 안으려는데
날 선 비수는 폐부를 찌르고

망설이는 자신을 잘라내고서야
짓무른 눈물을 떨구고 있다

해와 달이라며
비소 머금은 단내 나는 조롱에
지척이래도 아물거리지만
꺾어진 것 아니라 휘어졌기에
곧추세울 수 있으리라.

- 五常이정관

갈수록 망가져 가는 사람의 마음을 아무리 생각해도 이해가 안 되지만 저 여인의 하소연을 듣다 보니, 부모 역할이 얼마나 큰지를 돌이켜 보게 된다.
자라온 환경이 자식에게 주는 영향이 얼마나 큰지 다시 알게 되는 계기가 되었다.
부모라는 자리는 아무나 하는 그런 자리가 아니라는 사실도 새삼 다시 생각하게 한다.

작가의 단상

 빼어난 맛도, 멋있는 문장도 없이 자연스러운 글을 써보자고 마음
은 먹었지만 첫 출판이라는 부담에 고심이 깊었다.
어떤 이슈에 매달리기는 싫었고 자연의 사색을 그리는 것도 싫었던
와중에 도스토옙스키의 책 한 권이 눈에 들어왔다.
 회색빛 도시의 빌딩 사이에서 각박하게 살아가는 삶의 겉과 속.
그 책을 보는 순간,
바로 이것을 써야겠다는 생각이 솟구쳐 올랐다.
택시 운행을 하면서 얻을 수 있는 많은 사람들과의 만남.
그것을 통해 세상과 현실을 조명해 보고 싶었다.

어느 길목에 서서

달궈진 도로위로 더딘 걸음이 굴러간다.
지나간 자리에 고스란히 남은 상처들
그만큼 무거운 삶이였던가
좋아서만 왔던 길은 아니었는데
그렇다고 마지 못 해 왔던 길도 아니었는데
쳇바퀴에 다람쥐처럼
폭염에 말라버린 풀잎처럼
심장의 박동을 잊은 거친 마음이

세상 속을 달린다.
우연히 마주치는 사연들
끝을 알 수 없는 수많은 미로
또 다른 인생의 이면에서
멈출 줄 모르고 달리는
네 바퀴가
굴렁쇠의 값진 단상(斷想)을
나에게 선물한다.
걷고 있는 이 길이 맞긴 하는 것일까
같은 길을 걷고 있는데 매일이 다를까
희미한 이 길에서도 끝과 시작은 움직이고 있겠지.

五常 이 정관

어릴 적에 한 번쯤은 굴려보았을 굴렁쇠 놀이!
그 굴렁쇠가 세상을 돌며 많은 것을 보고 느끼듯, 택시 운행을 한다는 것도 굴렁쇠 놀이와 다르지 않다는 생각을 해봤다.
요령껏 잘 굴려야 하지만 잘못하면 쓰러지기도 하는 굴렁쇠.
몇 번의 도전으로 성공하기도 하고 실패하기도 했었다.
둥글기 때문에 돌 수 있는 굴렁쇠는 세상 속에서 보는, 사랑과 용서, 증오와 고통까지도 직접 느끼고 구르면서 그것을 글로 표현하고 싶었다.
세상을 살아가는 사람들의 평범한 삶과 거짓 없는 순수한 마음을 이 책에 담고 싶었다.

이끌림

절뚝이며 헤매던 발자국은
갈 곳 잃은 채 흐려지고
눈물마저 메말라 목이 멘 인생
손 내밀어 일으켜 주셨네.

메아리처럼 맴돌던 그 사랑은
찬가처럼 사뿐히 스며들고
무지하고 황폐했던 밭고랑에
밀알 되어 새싹 솟았네.

오그라진 곳, 눈물뿐이었는데
펴신 손의 이끌림
어둠에 익숙했던 붉은 눈빛은
진달래로 활짝 피어 웃고 있네.

五常 이 정관

새로이 맞이하는 미숙한 도전의 길이 모두 아름답지는 않겠지만
다시 시작이라고 되새겨 보면서 새벽길을 둥그런 굴렁쇠를 굴리며
걸어가려한다.

2018년 3월 24일
작은 아들 결혼을 축하하며

작가 약력

본명 : 이 정 관 / 예명 : 오상(五常)

　서울시 거주 / 1959年 生

- 2017년 한국신춘문예 시 등단
- 2017 대한민국 통일예술제 최우수상 수상
- 굴렁쇠의 단상 연재 중
- 한국신춘문예협회 정회원

굴렁쇠의 斷想 (시가 있는 수필집)

초판인쇄   2018년 3월 15일
초판발행   2018년 3월 20일

지은이   이정관
펴낸이   엄원지(엄대진)
인쇄처   스포츠닷컴(주)
        사무국장 전진표

등록번호 제301-2012-158호
등록일 2012년 7월 24일
ISBN 978-89-98104-12-2   03810
책값   12,000원

주소   서울특별시 영등포구 국회대로 70길 15-1(여의도동 극동VIP빌딩 905호)
대표전화 02-761-2444
F A X   02-761-2443